PARTAGES

Gwenaëlle Aubry est née en 1971. Ancienne élève de l'École normale supérieure, agrégée et docteur en philosophie, elle a vécu en Angleterre (Cambridge), en Italie (Pise et Rome, où elle a été pensionnaire de la Villa Médicis) et en Côte-d'Ivoire. Elle est à présent chercheur en philosophie au CNRS. En 1999 paraît son premier roman, *Le Diable détacheur*. Suivront *L'Isolée*, *L'Isolement*, *Notre vie s'use en transfigurations* et *Personne*, qui a reçu le prix Femina en 2009 et a été traduit dans une dizaine de langues. *Partages* a été sélectionné dans la liste du prix Goncourt et a été finaliste du Grand Prix de l'Académie française en 2012.

GWENAËLLE AUBRY

Partages

ROMAN

MERCURE DE FRANCE

ISBN : 978-2-253-17485-1 – 1re publication LGF

À J. et S. F.

« Une flamme de feu passa entre les chairs partagées. »

Genèse 15, 17

« Elles le trouvèrent si beau qu'elles se firent des coupures aux mains. »

Coran 12, 31

Jérusalem, rue al-Silsila

Au début, je n'allais pas au-delà du Mur. Je ne m'en approchais pas. Je le regardais de haut, depuis la petite place de Misgav Ladah, dans un éblouissement de pierre et de lumière. Une lumière inhumaine, calcaire, de canyon, de désert, répercutée par les arches blanches, les drapeaux étoilés, l'or du Dôme du Rocher. Le Mur, lui, absorbe tout, le grand éclat et les ombres des fidèles, les larmes et les noms sacrés, les prières de papier glissées dans ses fentes. Ce n'est pas cela qu'il faut faire, je le sais. Peu de temps après notre arrivée, j'y suis allée seule, sans le dire à ma mère. Il y avait foule, ce jour-là. Deux garçons joufflus, gauches et fiers, célébraient leur bar-mitzvah. De l'autre côté de la barrière, mères, sœurs, tantes montaient tour à tour sur des chaises pour les regarder. Je me suis assise près d'elles, du côté des femmes, surprise d'accepter ça, pourtant je n'étais pas comme elles ni comme les autres, en foulard et jupe longue, serrées sur les bancs, leur bébé sur les genoux ou dans des poussettes, et qui, face au Mur, attendaient, patientes, silencieuses, captives d'une scène où rien ne se jouait qu'encore et toujours l'attente mais moi, songeais-je en les regardant, moi je n'attends pas, je suis trop jeune pour cela, à dix-sept ans je les veux maintenant les règnes, les justices, les pardons, *tsedek*, *mehila*, ces mots-là me traversaient que jamais dans ma langue je n'aurais prononcés, voilà le pays qui me monte à la tête à la bouche me suis-je dit, je ferais mieux de rejoindre les touristes derrière leurs caméras, de rire de tout cela, mon frère m'a raconté que c'est ici qu'il a demandé Yaël en mariage mais comment ont-ils fait, étaient-ils chacun d'un côté de la barrière, elle perchée sur une chaise – quand tout à coup j'ai remarqué une fille debout derrière un parasol replié. Elle était plus jeune que moi, vêtue d'une blouse et d'une jupe noire qui tombait sur des bas de laine blanche et des vieilles baskets. Cachée derrière le parasol, loin du Mur mais tournée vers lui, elle priait, les yeux clos, en oscillant doucement, le visage enfoui dans les Tehilim comme des larmes dans une main. Sous son foulard on distinguait des mèches blondes, un front haut et pâle, le teint clair des filles de l'Est – peut-être une Polonaise, comme Perla, comme la grand-mère aussi que je n'ai pas connue et dont je porte le prénom mais qui m'a légué sa peau mate, ses cheveux noirs (tu n'auras pas de problèmes, à Jérusalem, disaient David et Yaël pour me taquiner, on pourrait te prendre pour une Arabe). Alors je ne sais pas pourquoi, je me suis levée, je me suis approchée du Mur, collée à lui les yeux fermés, les mains posées sur les pierres tièdes où poussent des herbes folles. Un instant j'ai eu l'impression qu'il me portait comme une terre. Je n'entendais plus rien, j'étais ailleurs et en même temps arrivée. Je me suis souvenu de ce que disait mon grand-père quand j'étais enfant : Dieu est partout, Sarah, comme la mer qui remplit une grotte sans en être diminuée, regarde-toi dans ce miroir (le bras passé sur mes épaules il me conduisait devant le grand miroir posé sur la commode dans la chambre obscure de son appartement de Brooklyn), et maintenant dans celui-ci (il me tendait le petit face-à-main de Perla) : c'est bien toi qui es là, tu le vois, à peine plus grosse qu'une noix ou grande comme tu l'es déjà, alors si tu peux être dans deux miroirs à la fois, petite Sarah, songe à ce que peut Dieu.

Je me souvenais de cela, l'autre jour, assise sur le banc de la place de Misgav Ladah, les yeux fermés derrière mes lunettes noires, goûtant le soleil encore si chaud tandis qu'à New York tout doit être déjà gris et pluie, quand une voix m'a fait sursauter. Un garçon se tenait devant moi, à peu près de mon âge. Il portait un tee-shirt poussiéreux, un pantalon de toile déchiré et un sac de gravats. Il n'avait pas l'air de me vouloir du mal mais il parlait arabe et la place était vide, alors j'ai eu peur je me suis levée. J'ai traversé la place et je me suis retrouvée rue al-Silsila. C'était la première fois que je sortais seule du quartier juif, ma mère et David disaient qu'il ne fallait pas. Au lendemain de notre arrivée, nous étions allés nous promener sur le Cardo puis déjeuner à Hurva Square. Tout était si vaste, si propre et si luxueux, ma mère, ravie, s'arrêtait devant les vitrines de bijoux et d'antiquités, elle a même failli acheter un tableau où l'on voyait des parachutistes avec leur béret rouge pleurant, enlacés, devant le Mur reconquis. Moi, j'étais surprise, un peu déçue aussi, autant aller à Borough Park où il y avait, au moins, des voitures et des bus, des épiceries et des enfants, à quoi bon traverser les frontières. Mais ensuite j'ai découvert, seule, les petites rues qui dévalent vers le Mur, les places silencieuses plantées d'oliviers au feuillage immobile, les voûtes et les arcs brisés, les volées de marches débouchant sur le vide, les façades blanches aux fenêtres grillagées surplombées de réverbères, des globes laiteux, opaques, qui absorbent la lumière, des rues composites, faites de bribes de shtetl et d'Orient, des fragments d'un rêve dont les bannières frappées de l'étoile de David affichent le blason, le parcourant je pensais à Aron, mon grand-père, qui toute sa vie avait dessiné d'autres rêves, d'immenses esplanades et des rues rectilignes, des tours de verre tranchant sur le ciel, des ponts suspendus si haut que leurs filins d'acier se tissaient au tracé des avions, des villes transparentes où rien ni personne n'était plus à cacher, sans ombre ni secret, mais dans ces rues que j'arpentais les pierres claires n'avaient pas d'histoire, les murs aveugles pas de mémoire, simple décor surgi autour de ceux qui les habitaient, c'était eux qui venaient de très loin d'il y a très longtemps, projetés sur les murs blancs comme sur un écran les personnages d'un film muet, d'ailleurs j'avais beau les regarder tous me croisaient sans me voir, ils défilaient devant moi, si proches que j'aurais pu les toucher et pourtant séparés, hommes vêtus de lourds manteaux noirs et râpés, enfants trop calmes portant kippa blottis contre des mères coiffées de chapeaux cloches les bras chargés de paniers à provisions, taciturnes, hâtifs, leurs pas comme étouffés par une neige invisible.

Enfant, quand quelqu'un mourait, on me disait qu'il était en Israël. Eretz Israël, c'était la terre des morts, c'est-à-dire celle où ils vivaient leur vraie vie, au milieu de déserts d'abondance, de rivières de lait et de miel, sous des ciels étagés comme des voiles. Face à ces ombres glissant sur les murs blancs, je pensais à Perla, à Sarah, et à l'autre David, un instant j'ai eu la certitude qu'elles les avaient connus, qu'elles auraient pu m'en parler.

Mais ce jour-là, j'ai tourné à l'angle de Misgav Ladah, et je me suis retrouvée rue al-Silsila : et c'était d'un coup comme si la ville avait basculé, comme si quelqu'un avait joué à en inverser les coordonnées, le décor tourne et les façades aveugles deviennent des grottes à trésor pleines d'étranges scintillements, le ciel vide découpé par les terrasses se masque de bâches et de dais, j'étais comme Dorothy dans *The Wizard of Oz*, projetée dans un monde bariolé et menaçant, je marchais vite, sans répondre aux vendeurs qui me hélaient dans un mauvais anglais, j'avais donc encore l'air d'une petite Américaine pourtant je ne me sentais plus comme elles, ces filles insouciantes assurées qui marchandaient des colliers de corail, un peu plus loin un homme coiffé d'une *knitted kippa* achetait des épices alors, à mon tour, je me suis arrêtée pour regarder des coffrets en bois d'olivier. Le marchand s'est approché, il avait une trentaine d'années, un keffieh noir et blanc comme les damiers qu'il vendait et des yeux étrangement clairs qui glissaient sur mes jambes. Je ne sais pas pourquoi, il s'est adressé à moi en hébreu. J'ai reposé le coffret et j'ai fait demitour. J'avais l'impression que tout le monde me regardait, les petits vendeurs de jus d'orange et les enfants assis sur le pas des portes, les groupes d'adolescents qui fumaient, adossés au mur, un genou replié comme de grands oiseaux aux aguets, les écolières qui traînaient leur cartable, et même les femmes à la tête haute, au regard fardé. J'ai hésité à tourner dans Misgav Ladah, puis je me suis souvenue que ma mère, qui se croit encore à New York et craint les courants d'air, avait fourré un foulard dans mon sac, un triangle de tissu bleu-gris qui me donne l'air d'une vieille dame et que je n'ai jamais voulu porter. Du côté droit de la rue, des miroirs sertis de mosaïques étaient accrochés à une devanture. Je me suis arrêtée devant l'un d'entre eux pour nouer le foulard sur mes cheveux. Et là, je me suis vue double. Un autre visage a surgi derrière moi, déjà voilé de gris. J'ai croisé le reflet de ses yeux, croyant me regarder, il a disparu. Je me suis retournée, et j'ai vu une silhouette vêtue d'un long manteau bleu nuit qui s'éloignait.

Hier avec ma mère nous sommes allées à al-Quds. J'attendais ça depuis des mois. Quand l'appel à la prière a résonné, j'étais déjà réveillée. Je crois que je n'ai pas dormi. J'ai entendu Youssef rentrer tard dans la nuit et peu après mon père qui se levait pour partir travailler. Je me suis habillée en silence. J'avais tout préparé : ma mère m'a prêté son abaya bleu sombre, en dessous, la blouse blanche que Youssef trouve indécente, j'ai mis mon foulard gris, et, pour le fixer, la pince à perles de nacre de grand-mère (elle la piquait dans ses cheveux qu'elle ne voulait plus couper et qui lui tombaient jusqu'aux pieds). Le salon sentait bon le café et la cardamome, et sur les tapis le soleil dessinait de grandes palmes poudreuses et mouvantes. Nous avons mangé le pain et le zaatar sans parler, pour ne pas réveiller Youssef. Je crois que ma mère avait aussi peur que moi qu'il nous empêche de partir. Elle me regardait, souriante, complice comme une sœur. Voilà des mois que je ne l'avais pas vue comme ça. Tout à coup Amir a surgi devant nous, dans son pyjama Mickey. Je l'ai porté avant lui, Raed et Youssef aussi, à force on ne voit plus que des taches rouges, jaunes et noires. Il s'est blotti sur mes genoux, encore tout tiède et lourd de sommeil, le visage enfoui dans mon cou. J'ai respiré dans ses cheveux l'odeur de ses rêves de petit garçon, le pain chaud, la pierre sèche, le fenouil et le lupin. Quand nous sommes seuls, il ne joue plus au martyr, au héros, il arrête la guerre. Puis il s'est souvenu qu'il allait passer la journée chez Ibrahim et il a bondi comme une gazelle pour aller s'habiller. Nous l'avons déposé, en lui faisant promettre d'être sage, de ne pas sortir du camp, et nous sommes parties.

À cette heure-là, on pourrait se croire au village.

Enfin, je ne sais pas, je ne connais pas, mais j'imagine que c'était comme ça, une journée sans cesse recommencée, des gestes paisibles et perpétués et la mort qui vient au bout et efface les visages, mais ce n'est pas grave puisque d'autres recommenceront, sans hâte ni mémoire. Les hommes qui travaillent sont déjà de l'autre côté, les autres dorment, il n'y a dans le ciel ni drone ni sirène mais un parfum de terre et d'amandier, les femmes lavent leur cour et à leurs pieds les enfants jouent à chercher leur reflet dans l'eau rare. Plus tard, sous la lumière fixe, on voit la poussière, les chats maigres dans les maisons rasées, les enfants crient d'ennui et les femmes allument la radio pour guetter les nouvelles. Puis vient le soir, on attend les hommes et ceux qui ne reviendront pas, on a peur des nuits où la lune se fend. Des voisines nous saluaient, nous souhaitaient bonne chance, l'ancienne institutrice qui jalouse ma mère parce qu'elle n'a plus ni fils ni mari a crié de sa voix mauvaise Si leur Messie est arrivé il faudra nous le dire et toi Leïla c'est donc un mari que tu cherches chez eux pour t'être parée comme cela. Ma mère n'a pas répondu ni même pressé le pas. Je la déteste, cette femme mauvaise avec son œil en biais, et toutes celles qui tête baissée échangent des paroles sur nous et sur le travail de Père. Mais hier ça n'avait pas d'importance, hier, je partais, loin des murs et des rumeurs. Le taxi-service nous attendait, derrière la guérite et les barbelés. Ils sont ouverts à présent mais je me souviens, ou Raed m'a parlé, je ne sais plus j'étais si petite, de ce jour où ils les ont refermés et où le monde s'est émietté en losanges de fer. Et encore maintenant, quand parfois je sors, je retiens mon souffle comme si des yeux invisibles m'épiaient, comme si le fer s'enfonçait dans ma chair le dehors n'est pas pour toi. Ils sont comme ça, ici, Raed et Youssef aussi, ils veulent toujours se souvenir, surtout ne rien oublier, l'âge des morts et les noms des villages, ils suspendent à leurs murs les clefs des maisons perdues, encastrent dans les parpaings les fenêtres qui ouvraient sur leurs champs d'oliviers et chaque jour les nettoient pour mieux voir leur absence, ils accrochent en reliques leur douleur, leurs défaites. C'est ainsi, ceux d'en face attendent et nous, nous nous souvenons. Parfois je ne comprends pas, à dix-sept ans je suis trop jeune pour les souvenirs – quant à l'avenir, des routes, me disais-je dans le taxi, je veux des routes, des routes blanches et vides, des ponts suspendus et des montagnes écartelées, des océans et des déserts, et marcher, marcher jusqu'à avoir les pieds en sang et le ventre soufflé. Mais ils prennent soin de nous, les autres, ils ont pensé à tout : ces parcelles d'espaces, ces miettes de terre qu'ils nous ont laissées, le temps qu'il faut pour les traverser les étire comme une peau élastique. Si l'on pouvait convertir les heures en terre, alors nous serions riches d'un pays infini. Père n'était pas rentré, nous savions que le check-point était ouvert. Ils sont bien réels, ici, les barbelés, et dans les guérites les soldats sont là, et les pupilles rouges des caméras. Le taxi nous a souhaité bonne chance, nous avons rejoint la file. Toute petite j'ai appris ça, attendre, attendre des heures en plein soleil sans bouger, sans ciller sous le regard des soldats (je préfère ceux qui ont des lunettes noires, on ne voit pas leurs yeux glisser sous nos manteaux), sans crier quand du bout de leurs armes ils crèvent les fruits que les vieilles vont vendre au marché, quand ils jettent à terre les papiers d'une femme enceinte et l'obligent à se baisser pour les ramasser, quand ils ordonnent aux garçons de dénuder leur ventre dur, quand ils tordent leurs bras et les emmènent plus loin, dans l'angle mort d'un mur – suspecte, je le suis, je le sais, nous sommes nés menace, nous sommes le danger. Certains prient ou chantent en silence, on voit leurs lèvres remuer. Moi, je sais autre chose, depuis l'enfance je me suis entraînée : je fixe le pouce de ma main droite jusqu'à ce qu'il me devienne étranger, aussi indifférent qu'un ver, et je laisse là mon corps, ma tunique de peau, je pars toute seule, je m'en vais, je cours, je vole, je vagabonde, je suis l'éclair et la lumière ils n'ont pas encore appris à barbeler nos âmes. Mais hier, tout s'est bien passé. La soldate ne nous a pas fouillées (son corps se dessinait nettement sous son uniforme ajusté, ses cheveux blonds noués en queue de cheval caressaient le canon de son M-4 et son teint clair rougissait au soleil – les filles ne poussent pas comme ça ici, notre terre nourrit des filles-racines brunes noueuses et flexibles, elle est née d'un autre sol, cela se voit, gorgé de brume et de pluie, pourtant, un instant, je me suis logée là, à sa place, dans ce corps si visible et cuirassé) alors quand elle a demandé où nous allions très vite sans réfléchir j'ai répondu

— al-Quds
— Yeroushalaim
elle a repris machinalement mais elle m'a regardée en fronçant les sourcils. Ma mère ne m'a pas laissé le temps de prononcer le nom d'al-Aqsa elle a dit celui de l'employeur de Père, alors la soldate a souri et nous a fait signe de passer et j'ai senti ce sourire, comme les regards en biais et les chuchotements des femmes dans le camp, s'imprimer sur mon cou, tache humide.

Mais dans le bus j'ai tout oublié : l'autre soldate, encore plus jeune, encore plus potelée, qui arpentait la travée étroite en serrant de près son officier, les œillades, les sourires qu'elle lui lançait tandis qu'il contrôlait encore une fois nos papiers (il ne répondait pas mais nous parlait plus fort : vite vite en nous secouant un peu), son fusil qui frôlait les cuisses nues des bébés, elle ne les voyait pas, pas plus que le gamin terrifié blotti dans les bras de sa mère, nous étions le décor et le sel de sa parade amoureuse (plus tard, finie l'armée, triant des dossiers dans le bureau d'un ministère ou poussant son chariot dans un supermarché, elle se souviendrait de ses belles années, du désir, du danger, de ces moments où grâce à nous elle vivait plus fort), j'ai oublié les volontaires internationaux dans leurs gilets de nylon bleu marine qui se sont assis derrière le chauffeur, une Européenne aux épaules carrées et deux hommes plus âgés, calepin et stylo à la main (dès qu'il les a vus l'officier est descendu du bus, la petite soldate à ses trousses son fusil brinquebalant), j'ai fermé les yeux et offert mon visage au vent. La radio passait une chanson de Nancy Ajram. Assise tout au fond, secouée par les cahots, je respirais la poussière, du sable, je me disais, des rafales de sable blanc et chaud qui essuyaient la tache humide sur mon cou, et le bruit des moteurs la rumeur de la mer, j'étais sur un hors-bord, toujours plus vite, toujours plus loin, le vent gonflait mon voile, derrière moi une explosion d'écume et devant la mer sans barrières.

Ma mère m'a prise par la main, nous étions arrivées. Nous avons longé les murs jusqu'à Bab al-Zahra. Je sentais encore au creux de ma paume celle de ma mère, fragile, douce et sèche comme une feuille d'olivier. Autrefois, quand sa main contenait tout entière la mienne, nous marchions toutes les deux dans al-Quds, et personne ne nous en empêchait. La serrant bien fort, je découvrais les arches, les voûtes, les escaliers de vastes pierres, il y avait donc des vies qui n'étaient pas de ruines et de parpaings. Je ne connaissais pas les mots pour ça, pas plus que pour les fruits, les légumes, les vêtements sur les marchés : couleur richesse beauté je n'avais que ces trois mots-là noués dans la gorge en désir, en colère. Je me souviens de boules de verre dans des corbeilles posées à terre, pleines et parfaites comme des lunes tombées, et d'avoir eu l'envie violente de les lécher, de les casser. Devant la porte des Fleurs, les soldats sommeillaient. Ils nous ont à peine regardées. Au-delà des quatre voûtes, avant le café Moustache, la guérite était vide. On l'avait éclaboussée de taches rouge sombre et une guirlande de drapeaux multicolores s'accrochait aux barbelés. Nous avons descendu les marches sans croiser personne ou presque, une petite écolière aux cheveux nattés qui traînait un énorme cartable, un vieillard assis sur le pas d'une porte le cou serré dans une écharpe à carreaux écossais, trois colibris silencieux dans une cage et d'autres qui voletaient, verts et plus vivants, sur le portrait d'un martyr collé à une voûte. Dans la rue Mujahidin, celle qu'ils appellent Via Dolorosa, des chrétiens allaient sur les traces de leur martyr, leur cloué sur la croix. La porte des Fleurs, ils la nomment porte d'Hérode, sainte, la terre que les autres disent promise et qui est simplement la nôtre. Ils arpentent un autre espace, une autre histoire, d'autres douleurs et d'autres gloires, la même fureur, le même espoir. Je me dis parfois que nous sommes dans cette ville comme des endeuillés dans un cimetière, chacun pleurant son mort sans oreille pour les autres et même, peut-être, aimant plus que le mort la pierre qui le retient, adorant la pierre comme des barbares, comme des païens, comme ceux d'avant les prophètes et la révélation. Si Youssef m'entendait, et Celui qui connaît chaque grain enfoui dans les ténèbres de la terre.

Nous sommes arrivées sur l'esplanade des Mosquées. Là nous sommes seuls, et fiers, et souverains. On ne les voit plus, leurs églises et leurs temples, les bannières, les clochers. Le mur où les autres viennent pleurer nous soutient, nous élève, c'est nous qui sommes au plus près du ciel, la terre nous appartient, une terre plate comme un disque qui nourrit des mosquées, se creuse pour elles ou porte leur dôme d'or comme un second soleil. Al-Aqsa, la Lointaine, plus besoin de partir j'y étais arrivée. L'univers entier est contenu là, les oiseaux libres, les arbres frais, les quatre points cardinaux et les huit anges, le Livre explicite. On nous a pris notre terre mais le centre du monde est à nous, et là, le règne est simple. Les autres aussi ont leur pierre, mais c'est l'empreinte du pied de notre Prophète que porte le Rocher. Silencieuse, priant à côté de ma mère, implorant avec elle secours et bénédiction pour Raed, je me souvenais de cela, des récits bus avec son lait et qui coulent en moi comme le sang dans mes veines, le Prophète repoussant d'un coup de pied le Rocher et s'élevant à travers les sept ciels, le Puits des Âmes où bruissent les prières des morts, al-Burâq, la monture fantastique qui d'un coup d'aile traverse les espaces, fait le tour de la terre et monte jusqu'au plus haut du ciel, les envols me revenaient, les conquêtes, la fierté : nous avons inventé l'algèbre et l'astronomie, découvert le poids du soleil et le secret des étoiles, enfant quand on me disait ça je ne comprenais pas pourquoi, alors, la misère et les camps, mais ici je m'en souviens, je le sais jusqu'au sang. Les prisonniers, ce sont les autres, en bas, qui face à leur mur pleurent la perte et la destruction, enfermés dans le temps, dans un passé perdu et une attente infinie, mais nous, nous avons l'espace, sept ciels et des lointains, les nombres qui ordonnent les sphères et dressent entre nos mosquées des vides parfaits, les coups d'aile et de pied qui sont de grands élans, *Dieu a établi pour nous la terre comme un tapis afin que nous suivions des voies sans limites.*

Voilà ce que je me répétais sur le chemin du retour. Ma mère paraissait apaisée par ses prières, je la suivais comme une ombre dans la rue al-Silsila, une part de moi restée là-bas, sur l'esplanade, dans le vide et la gloire. Je regardais les richesses du marché avec le même désir, la même colère que quand j'étais enfant. Des touristes marchandaient des bijoux, des vêtements, des coffrets en bois d'olivier sculptés dans les arbres qu'on nous a volés. Bientôt, elles repartiraient, elles prendraient un avion qui, comme al-Burâq, les conduirait d'un coup d'aile à l'autre bout du monde, elles verraient la mer, les nuages, et les villes enroulées sur elles-mêmes en filaments de lumière. Moi, j'allais retrouver les barrages les barbelés le camp. Je les méprisais et, aussi fort, j'aurais voulu être elles, ou celle qui était restée là-bas, à al-Aqsa. Posé contre un mur, devant une échoppe, il y avait un grand miroir. Je me suis arrêtée pour me voir tout entière, de la tête aux pieds. Devant moi, une fille, une touriste ou une Juive, je ne sais pas, se regardait dans un miroir plus petit accroché à côté. Elle portait une robe qui dénudait ses jambes et ses bras mais soudain elle a sorti un foulard de son sac et l'a noué sur ses cheveux. J'ai trouvé ça bizarre, j'ai cherché son reflet. Et là, un instant, j'ai vu dans le cadre étroit deux visages si semblables que je n'ai plus su qui je regardais. Cela m'a fait peur, vite je suis partie, je me suis effacée.

I

Par la fenêtre

Ce matin, l'automne est arrivé : un brouillard ocre, qui enveloppe tout d'un voile d'eau et de sable, masque la ville, les collines et, à leur sommet, les maisons des colons. Au moins on ne les voit plus et pour eux aussi nous voici tels qu'ils nous voudraient : disparus, effacés, pulvérisés, rien d'autre qu'un nuage sale aux reflets d'écarlate. Je les imagine, bien à l'abri derrière leurs murs de béton, leurs barbelés, leurs miradors, assis face à leurs écrans plats ou regardant, derrière leurs baies vitrées, la pluie qui ricoche sur leurs piscines et féconde leurs champs. On dit qu'hier nos imams ont prié avec leurs rabbins et les chrétiens pour qu'elle vienne enfin. Mais pour nous à quoi bon, qui n'avons plus de terre à nourrir, juste la boue qui envahit le camp, charrie les déchets jusque dans les maisons. Les femmes ont sorti des seaux et disposé sur les tapis des bassines où les gouttes tombent en mitraille. Tôt ce matin, c'était encore la fête, les enfants sautaient dans les flaques et s'éclaboussaient en criant à tue-tête, à présent les rues sont vides, on attend, assis contre les murs suintants, et sur les affiches collées aux façades les visages des martyrs moisissent doucement. Je suis seule, les amis de Youssef sont venus le chercher avec ce nouvel air qu'ils ont depuis quelque temps, plein d'importance et de secrets, ma mère en a profité pour aller au Club des Femmes, elle m'a confié Amir et Ibrahim. Ils ont passé la matinée à jouer au Martyr et au Juif. Amir a noué à son front un bandeau vert et autour de sa taille un foulard noir. Il a glissé, contre son ventre encore rond et doux comme celui d'un bébé, des boîtes d'allumettes chipées à la cuisine et dans sa manche un bout de ficelle. Ibrahim avait sa casquette Coca-Cola et le Beretta en plastique que son frère lui a rapporté d'al-Quds (il l'appelle toujours comme ça : le-Beretta-que-mon-frère-m'a-rapporté-d'al-Quds). Ils ont entassé tous les coussins de la maison pour fabriquer un barrage volant, et Ibrahim a pris son poste. Amir s'est présenté devant lui, l'air guerrier, tes papiers sale Arabe lui a dit Ibrahim en lui enfonçant dans les côtes le Beretta-que-son-frère-etc. tandis que de l'autre main il lui maintenait les bras dans le dos. Amir s'est dégagé, a tiré sur la ficelle qui dépassait de sa manche et lui a sauté dessus en criant Vive la Palestine libre ! dans un grand éboulis de coussins et de rires. Ensuite ils ont commencé à se disputer parce que Ibrahim disait que c'était à son tour d'être le Martyr. Si Raed ou Père avaient été là, ils ne les auraient jamais laissés faire. Moi, je n'ai rien dit, je les ai regardés jusqu'au moment où j'en ai eu assez de leurs cris et où je les ai expédiés chez la mère d'Ibrahim.

Quand j'étais petite, avec les autres filles, on jouait à l'Intifada. On ramassait des petits cailloux dans les rues et on se les lançait dessus pendant la récréation. On en avait toujours plein les poches de nos blouses. Puis nous avons grandi et nos frères nous ont autorisées à jouer pour de vrai. On se tenait à l'arrière et on leur passait les pierres (on avait appris à les choisir : pas trop grosses, mais solides, acérées), on réparait leurs frondes, le soir avec nos mères on déchirait des draps pour fabriquer des bandages. Plus besoin de tirer au sort les bons et les méchants. Les jeux de hasard nous sont interdits, avant nos naissances d'autres ont lancé les dés, les dés pipés qui nous ont désignés coupables d'un crime que nous n'avons pas commis. Notre jeu est devenu sérieux. Dans la cour de l'école, c'étaient les soldats, désormais, qui fouillaient nos poches et examinaient nos mains (des dizaines de paumes enfantines retournées vers eux, en hâte nous tâchions d'essuyer sur nos blouses la poussière des pierres, de dissimuler, doigts repliés, les cals et les écorchures). Du côté des garçons, les classes se vidaient, peu à peu les hommes disparaissaient des maisons. Un jour, le tour est venu de Raed. Il était en première ligne, et l'un des meilleurs lanceurs, vif, habile, audacieux. Quand les soldats l'ont attrapé, jeté à terre, frappé à coups de bottes, les mères sont arrivées en nuée : elles étaient toutes là, les femmes du camp, et nous, les filles, derrière. Nous savions ce qu'il fallait faire, ce jeu-là aussi, à force, nous l'avions appris, cent fois répété, entourer les soldats, saisir leurs mains en supplication, les étourdir de pleurs et de cris, fabriquer autour de l'homme à terre un grand envol de voiles et de robes et quand soudain l'on s'écarte, il a disparu, escamoté. Mais les autres aussi, à force, savaient. Ils nous ont dispersées à coups de crosse et ont traîné Raed jusqu'à leur camion bâché. Nous ne l'avons pas revu pendant des mois. Leïla, ma grand-mère, est morte peu après. Et je crois que la petite que j'étais et à laquelle on a donné son nom est morte elle aussi. C'était comme si avec elle et Raed je perdais l'air et la lumière qui filtraient malgré tout à travers les barrages et les hommes armés, la croyance en un ailleurs qui un jour me serait ouvert. Je perdais leurs histoires. Dans celles de ma grand-mère, l'ailleurs portait le nom d'un village, Qaluniya, fredonnait-elle, des collines rondes et fertiles comme des mamelons et qui ondulent en vagues jusqu'à la mer, des oliviers aux feuilles d'argent qui bruissent au vent, des terrasses plantées d'arbres fruitiers comme d'immenses escaliers, et l'on dévale en courant, une source limpide où veille l'esprit qui préside aux mariages et aux enfantements. Ses mots se confondaient avec ceux que j'entendais à la mosquée, c'était la même source, le même jardin planté de vignes, d'oliviers, de céréales, de grenadiers, ce jardin situé très haut et dont les fruits sont à portée de main. Raed disait d'autres histoires. Comme moi, il était né en cage, né dans le camp. Mais il étudiait l'anglais à l'Université. Il avait choisi cette langue parce que, comme l'arabe, elle passait les frontières. On peut aller très loin avec les mots, petite Leïla, me disait-il, plus loin, plus vite qu'avec les pierres, écoute-moi, je dis *farewell* et déjà nous ne sommes plus là. Il jouait à cela avec moi, les mots anglais comme un tapis volant, le soir, assis à mon chevet, il me prenait par la main et nous partions, c'était un unique pays, infini, bigarré, un *patchwork* fascinant, la Tamise coulait, grise et tumultueuse, dans les déserts rouges d'Australie, les kangourous sautaient sur London Bridge *falling down, falling down,* les gratte-ciel de New York crachaient du *fog*, les pêcheurs d'Irlande chassaient le monstre du Loch Ness. Un jour il m'a surprise à regarder l'un de ses livres : sur la couverture vert amande, un homme aux cheveux rares, soigneusement lissés, et où le peigne avait laissé des stries profondes, comme les rides sur son front et autour de ses yeux. Il avait de grandes oreilles, un grain de beauté sur la joue, le regard un peu vitreux, grave, malicieux. Son menton était appuyé sur ses mains, de longues mains fines aux ongles polis dont la gauche portait, au petit doigt, une bague, et ses mains sur un grand parapluie à manche de corne. C'est drôle que tu aies choisi ce livre, m'a dit Raed, sais-tu comment il s'appelle, *The Waste Land*. Il a commencé à me le lire. Et comme je l'écoutais silencieuse, stupéfaite, il me l'a traduit, puis appris comme un morceau de musique. Il a continué avec d'autres poèmes. Il me lisait aussi ceux qu'il écrivait. C'est comme cela qu'il faut faire avec la poésie, me disait-il, l'apprendre *par cœur* mieux que le Coran (cela, ne le répète pas, c'est notre secret), que les mots battent en toi comme ton pouls, coulent en toi comme ton sang, soient toujours là au fond de toi, cette terre-là, personne ne te la prendra. Il rêvait d'obtenir une bourse pour une université anglaise ou américaine. Il disait que si je continuais à apprendre, je pourrais un jour le rejoindre là-bas. Il a disparu. Le soir, dans mon lit, je me répétais *April is the cruellest month, breeding / Lilacs out of the dead land, mixing / Memory and desire, stirring / Dull roots with spring rain*, je l'imaginais, là où il était, accompagné des mêmes mots, mais j'avais beau faire, j'en entendais d'autres, des injures et des cris, des tortures, *I will show you fear in a handful of dust*. Mon sang charriait du poison. Mon corps, mon visage se sont couverts de plaques rouges, comme si on les avait frottés avec du piment. La nuit, ma mère m'enveloppait les mains dans des linges pour m'empêcher de me gratter. C'est à cette époque-là qu'elle a commencé à porter le voile. Ma grand-mère n'en voulait pas. Quand elle était jeune, au début, dans le camp, les femmes avaient été obligées de couper leurs cheveux très court et de raser le crâne des enfants à cause de la vermine. L'UNRWA avait beau passer les tentes et les corps au DDT, ça grouillait partout, sur les parois, les paillasses, les membres nus des bébés. Depuis, elle s'était juré de porter les cheveux longs et de ne jamais couper ceux de sa fille. J'ai une photo d'elles ensemble, avant le mariage de mes parents, belles comme des reines dans leurs robes brodées, leur chevelure ramassée en lourdes tresses sur la nuque. Ma mère désormais était vêtue de noir et portait un foulard dont s'échappaient de maigres mèches grises. Moi, j'étais défigurée, la peau à vif, cloquée, les paupières boursouflées. Je ne sortais plus. Je restais dans ma chambre. De toute façon l'école était fermée, et ils avaient déclaré le couvre-feu. Je me souviens des cris des mères, le soir, la mienne aussi, sur le pas de la porte, appelant Youssef, allongée dans la pénombre je les écoutais, tous ces prénoms d'enfants en cris sur le camp à heure fixe comme une prière, l'appel anxieux, l'obsédante psalmodie des mères. Parfois, en écho, on entendait un coup de feu, et un gamin tombait, qui était sorti acheter du pain ou s'était attardé à jouer. Mais cela, que mon père, quand il rentrait, racontait à voix basse, je ne l'entendais pas, ma peau le savait pour moi, ma peau en loques sous mes ongles, j'aurais voulu la laisser là, sur mes draps, une mince mue argentée, filer à l'anglaise, *HURRY UP PLEASE ITS TIME*, mais elle tenait bon. Quand, au bout de plusieurs semaines, nos maîtres se sont organisés pour faire la classe chez eux, je me suis levée. J'ai noué un foulard sur mes cheveux, un autre sous mes yeux. Mes parents, mes maîtres s'inquiétaient et je faisais peur à mes amies, mais au moins j'étais à l'abri. Puis j'ai trouvé une autre idée. Lorsque Saddam Hussein a envahi le Koweït, on nous a distribué des masques à gaz. Un par personne pour eux, pour nous un par foyer. Ils pensaient peut-être (les hommes disaient ça en riant) que les gaz s'arrêteraient à la porte des camps. Tout le monde s'est mis à bricoler des masques avec des bouteilles en plastique, du ruban adhésif et du coton imbibé de vinaigre. Les enfants sortaient comme ça, leur trompe en plastique scotchée sur la bouche et le nez, les traits, en dessous, brouillés par la buée, c'était un nouveau jeu, Saddam et les Gazés.

Un jour, Raed est revenu. J'étais dans ma chambre quand j'ai entendu sa voix et les pleurs de ma mère. Debout sur le pas de la porte, elle tenait dans ses bras un homme que je n'ai pas reconnu. Des mains s'agrippaient à sa robe, des mains osseuses, desséchées, aux ongles noircis, et une tête aux cheveux ras s'enfouissait dans son cou. Je les ai regardés en silence, l'inconnu et ma mère, dans leur étreinte fixe. Soudain Raed s'est avancé vers moi. Il boitait légèrement et son dos s'était voûté. Son visage n'avait pas changé, très pur, presque enfantin, mais il avait dans les yeux, dans l'ombre des joues, cette dureté, cette flétrissure qu'on voit aux gamins des rues. Il m'a soulevée de terre, tenue à bout de bras, que t'est-il arrivé, petite Leïla, puis il m'a serrée fort contre lui, il a baisé mes paupières et c'était comme s'il absorbait le venin qui les gonflait. Toute la journée et jusque tard dans la nuit, après le retour de Père, les voisins ont défilé. Le directeur du camp est venu lui aussi. Assis sur le divan à côté de Youssef qui ne le quittait pas des yeux, Raed refusait les pâtisseries, les friandises qu'on lui offrait et buvait café sur café en fumant des cigarettes. Parfois quelqu'un posait une question. Il ne répondait pas, il souriait, doucement, à travers un nuage de fumée. De toute façon, tout le monde savait, tout le monde avait déjà entendu ce récit d'un frère, d'un père. Au directeur du camp qui insistait il a répondu en riant la prochaine fois je vous enverrai une carte postale. Quand je suis allée me coucher, il est venu, comme autrefois, s'asseoir près de moi : *April is the cruellest month* mais d'un doigt sur mes lèvres il m'a fait taire c'est bien Leïla mais c'est fini à présent. Je n'arrivais pas à dormir. Les voix, la musique, peu à peu se sont tues, je me suis relevée. Raed et Youssef étaient seuls au salon, assis, face à face, dans l'obscurité. Raed parlait, cette fois, sans s'arrêter. Youssef l'écoutait, muet, les yeux baissés, le corps tout entier tendu vers lui, arc-bouté. Accroupie derrière la porte, j'ai tout entendu, la marche aveugle à travers les corridors et les sous-sols de l'Abattoir, le visage recouvert d'une cagoule dont l'odeur lui retournait le cœur, la cellule surchauffée et grouillante de vermine, le matelas et la couverture imbibés d'eau putride, puis, de nouveau, la cagoule, la longue marche en dédales, les murs qui sans cesse se dressent et auxquels on se cogne comme une mouche folle, des escaliers et des angles jusqu'à en avoir le tournis, et soudain la lumière, nue, blafarde, une pièce glaciale et vide à l'exception d'une chaise, une petite chaise fixée au sol comme jadis à l'école et légèrement inclinée, et lui dessus, ligoté, les jambes entravées, un bras attaché aux pieds de la chaise l'autre à son dossier, des heures ainsi tordu, crocheté mauvaise viande dans la chambre froide tandis qu'au loin, ricochant sur les murs et les portes d'acier, la voix de Leonard Cohen chantait toujours le même refrain (son nom s'est imprimé en moi, et ces mots mille fois je me les suis chantés quand, après cette nuit-là, j'ai commencé à m'entraîner, pliée sur la petite chaise d'Amir, le visage enveloppé d'un linge souillé) : *They sentenced me to twenty years of boredom / For trying to change the system from within / I'm coming now, I'm coming to reward them / First we take Manhattan, then we take Berlin.*

Peu de temps après, Raed est reparti. Il n'est pas retourné à l'Université. Il a épousé la sœur d'un compagnon de captivité, arrêté alors qu'il venait de recevoir une bourse pour poursuivre ses études aux États-Unis ; les soldats ont déchiré le document et confisqué son visa. À présent, Raed travaille dans un garage à Naplouse. Ma mère a beau prier, sa femme ne porte pas d'enfants. Souvent on lui demande pourquoi il ne la répudie pas. Elle ne répond pas, ma mère féconde, ma mère aux trois fils, et qui en a engendré un, encore, après le départ du premier, Amir, l'enfant d'or, que j'aime comme s'il était le mien et qui, lui, a encore des joues veloutées et dans le regard des attentes confiantes, Amir, le remplaçant. Voilà encore ce qu'on ne nous prendra pas, nos ventres fabriques de vivants, nos ventres terres meubles où germent les guerriers, et pourtant je crois parfois que le mien n'en portera pas, trop de venin, encore, et de pierres tranchantes, de mornes racines nouées en barbelés, trop de vide pour qu'une vie vienne s'y lover.

La pluie tombe de plus en plus fort. Je pense au mariage, aux enfants, et à la mort.

Ce matin, l'automne est arrivé : *Geshem*, ce nom tout de suite m'est venu au réveil, doux à la bouche comme un fruit fondant, un nouveau nom pour cette pluie nouvelle, tiède et parfumée, qui nourrit la terre, moire le tronc frêle des oliviers et les larges feuilles veinées des citronniers, cette pluie d'abondance si différente de celle, acide, entêtée, du ciel new-yorkais. Je réapprends à parler, j'appelle les arbres, le ciel et l'eau dans la langue magique des commencements, et c'est un monde nouveau qui me répond, chaque être dense, clos et saillant comme sous le regard souverain d'un très jeune enfant, un monde premier, immémorial et chaque jour recréé par le pacte des noms. Cette pluie, on ne parle que d'elle. Hier ma mère est allée prier à la synagogue avec les voisins pour qu'elle vienne. À la télévision, on voyait les musulmans et les chrétiens qui priaient eux aussi. Juste après, des scientifiques sont apparus : précis, impassibles, ils expliquaient le Projet Geshem – il suffirait, disaient-ils, pour fabriquer des nuages de pluie, de provoquer un phénomène de condensation en étendant un voile noir dans le désert du Néguev. Ce sont des mages, me suis-je dit, ces fabricants de nuages, des mages masqués en savants, et ici une terre de miracles où prières et équations percent le secret des éléments, transforment le soleil en pluie et le désert en champs. Je ne m'habitue à rien. Si ça continue, je vais finir comme ma mère, en foulard et prières.

Le premier mois, pourtant, j'étais perdue. Je détestais le quartier de Kiryat Yovel où David nous avait installées dans l'urgence, ses forteresses de ciment semées au hasard dans la terre sèche, percées de fenêtres étroites comme des meurtrières, refermées autour de parkings et de centres commerciaux, ses broussailles poussiéreuses accrochées aux grillages, ses tours opaques sous un ciel écrasé, c'était comme une Amérique de cauchemar poussée dans le désert, une réplique blafarde et bon marché de ce que j'avais quitté. Les jours de semaine, les rues étaient presque vides, quelques religieux aux épaules frêles et voûtées qui clignaient des yeux sous la lumière comme des oiseaux de nuit, des géants russes à la barbe rousse, les bras chargés de sac en plastique et d'enfants, des mères au corps lourd, vêtues de jupes et de foulards imprimés de grosses fleurs. Parfois je les suivais jusqu'au terrain de jeux où se dresse le Golem de Niki de Saint-Phalle : un monstre mou, comme une masse d'argile bosselée, zébrée de noir et de blanc. Les enfants s'engouffraient dans sa gueule puis se laissaient glisser sur ses trois langues vermillon. C'était l'unique attraction du quartier, mais face à elle j'étais encore plus égarée, encore plus déplacée, ce fragment de New York ou Paris greffé sur le désert et qui vomissait des enfants, bariolé, insolent (car je savais, moi, quand j'avais l'âge de faire du toboggan, Aron me l'avait appris, qu'entre les lèvres du Golem est serré le Nom divin), et qui, pourtant, était à l'image de cette terre, chimérique, indomptable, menacé, allait-elle m'absorber, me malaxer dans ses mâchoires de glaise, ou me rejeter comme un enfant indésiré ?

Il m'arrivait aussi de prendre le bus jusqu'à la vieille ville, et là, enfin, je respirais. David m'avait conseillé de me déplacer en taxi ou à pied. Mais je n'avais pas peur. Ou plutôt, je n'avais plus assez de peur. Ma peur était restée à New York. Elle avait revêtu la forme, précise, fuselée, géométrique d'avions percutant à angle droit des tours de verre. C'était cette vision-là que le mot peur évoquait désormais pour moi : pas un monstre de glaise, des corps d'enfants avalés par la boue, mais un tracé très pur dans un ciel limpide, des lignes parfaites comme sur les croquis d'Aron. Cela, et le silence, une étrange fixité, comme si autour de cette image tout s'était saisi, vitrifié (j'étais au lycée, assise à côté de la fenêtre, quelque chose avait changé, je ne savais pas quoi, et tout à coup je me suis aperçue que les carreaux ne vibraient plus parce que le trafic s'était arrêté). Ma mère est devenue folle. Ou plutôt, c'est comme si la folie contenue au fil de deux générations, tenue en respect par les croquis d'Aron, la muette élégance de Perla, cette folie dont mon père, sans doute, l'a aussi protégée, avait soudain explosé. Une bombe dans le métro, une attaque bactériologique, elle l'aurait peut-être supporté : mais pas ça, cette perpendiculaire impeccable dans un ciel sans nuages qui était comme la destruction sarcastique, minutieuse, du signe même de sa survie. Haut dressées sur le ciel de New York, les *Twin Towers* formaient pour elle la lettre du recommencement, de la réparation : elles figuraient un monde transparent, sans camouflage ni ombres, mais aussi un monde nouveau, et inachevé, où il restait à construire, à façonner, à ériger. Tel était le pari d'Aron, ou peut-être même pas, juste son instinct, le même qui l'avait poussé à émigrer dès 1939 avec ma mère âgée d'un an, puis à l'élever seul jusqu'à sa rencontre avec Perla, chaque jour, cette enfant, la porter à la lumière, construire pour elle des ponts suspendus à mi-chemin du ciel, des esplanades où marcher à découvert, des angles droits où nul spectre ne pourrait se nicher, où ceux-là même de sa mère et de son frère deviendraient pur rayonnement.

Aron n'a jamais construit de *skyscrapers*. Un jour où je lui demandais pourquoi (j'étais très petite encore, assise en face de lui à sa table de travail, et je jouais à entasser, le plus haut possible, des petits carreaux de faïence colorés), il m'a raconté l'histoire de la tour de Babel. Mais il travaillait pour le cabinet d'architectes qui, au début des années 50, avait construit l'esplanade de Brooklyn. Et cela aussi, pour ma mère, c'était insupportable : depuis cette esplanade où sans doute, quand il la dessinait, Aron s'était représenté sa petite Hannah courant à perdre haleine, ivre d'espace et de lumière, où ensuite, chaque week-end, ils s'étaient promenés ensemble, main dans la main, s'appuyant parfois à la rambarde pour contempler, par-delà les flots lourds et miroitants de l'Hudson, les tours de Manhattan, soudain apaisés par la découpe des lignes et par ce qui, dans leur agencement, formait comme une alliance avec les éléments (l'horizontale nue qui suivait le cours du fleuve et, de l'autre côté, l'harmonie verticale des tours comme une flûte de Pan où le ciel se jouait) – depuis ce lieu où le monde leur était apparu habitable, ne plus voir que la ruine, la destruction. Mais ce qui, plus que tout le reste peut-être, signifiait que le cauchemar les avait suivis, traqués, retrouvés, c'était la pluie de cendres. Avec elle, le temps lui-même vacillait. Tout ce qu'on avait, à force d'endurance, réussi à éloigner, à flouter, revenait en traître. 9.11 : un jour, un mois, pas d'autre nom pour cela, mais pas non plus d'année. Très vite j'ai eu l'impression que ma mère, pour elle-même, complétait. Et les chiffres qu'elle ajoutait à ceux-là, 9.11, étaient ceux du silence, du secret qui avaient accompagné son enfance et qui la constituaient bien plus profondément que ses courses folles sur l'esplanade ou l'amour de son père, autour desquels, comme de l'absence de sa mère, de son frère, des rares phrases échappées à Perla ou des hurlements que, parfois, elle l'entendait pousser la nuit, elle s'était bâtie, qu'elle s'était, ensuite, acharnée à combler à force de recherches, de lectures et d'archives, d'enfants portant le nom des disparus, autant de mémoriaux dressés sur le vide mais qui, soudain, s'effondraient car ce qui, avec la pluie de cendres et l'odeur de chair brûlée, lui revenait, ce n'étaient pas des souvenirs mais la présence fixe et hallucinée de sa hantise.

Tout de suite elle m'a expliqué qu'il allait falloir partir. Ce départ pour Israël dont elle rêvait depuis que David s'y était installé, auquel mon père s'était toujours opposé mais que, depuis son divorce, elle avait commencé à organiser, on ne pouvait plus le différer. Le soir du 11 septembre, nous étions toutes les deux dans la cuisine. La télévision diffusait en boucle les mêmes images, toujours plus irréelles, et que je n'arrivais pas à raccorder au fracas des ambulances derrière les fenêtres fermées, au ciel de cendres, aux appels inquiets de mon père et de nos amis

– tout à coup, ma mère a éteint le poste, posé le bouquet de persil qu'elle tenait depuis un moment à la main avec l'air de ne pas savoir qu'en faire, et, très calme, appuyée contre l'évier, elle m'a expliqué que l'on s'était toujours trompés, qu'Aron lui-même n'avait rien compris, l'Amérique ne pouvait pas, ne voulait pas nous protéger, aucun Juif n'y était à l'abri du danger, tu vois bien, le rapport Breckinridge, le *Saint-Louis*, les quotas, et maintenant cela. Ces mots, je les avais déjà entendus, c'étaient les mêmes, ou à peu près, que David employait avant son aliyah, je le revoyais, debout dans la cuisine, parlant de ce fumier de Breckinridge Long qui, en 1940, avait refusé d'accorder des visas aux victimes des persécutions nazies et déclarait qu'il trouvait *Mein Kampf* « éloquent dans son opposition à la juiverie et aux Juifs », de l'ignominie de l'affaire du *Saint-Louis*, souriante, éblouie, ma mère l'écoutait, son premier-né, son enfant-roi, celui qui, à lui seul, portait et accomplissait toutes les promesses, et comme elle connaissait tout cela par cœur (aussi bien qu'un professeur de Harvard, disait mon père quand il arrivait encore à en plaisanter, mais en mieux roulée), elle glissait parfois une date, un chiffre, et mon frère repartait, ensemble ils tenaient la note, aiguë à se briser. Silencieux, mon père écoutait, ce n'est pas tout mais le *bad goy* a faim, grommelait-il, et la petite aussi – mais la petite (venue tard, venue en trop, quand David avait déjà douze ans, une enfant de vieux, un accident) écoutait de toutes ses forces, embarquée, clandestine, dans cette histoire que sa mère et son frère occupaient, sans un mot elle en prenait sa part, elle recevait son lot. J'avais déjà vu *Exodus*, à cet âge-là, ma mère l'avait offert à David pour un anniversaire, et c'est ainsi que j'imaginais le *Saint-Louis*, des familles entassées sur le pont d'un vieux rafiot, les enfants serrant fort contre eux leur poupée et leur petit sac à dos, assoiffés, effrayés, sauf que ces enfants-là, nulle terre promise ne les attendait, pas d'infirmière blonde jouée par Eva Marie Saint ni de héros de la Haganah beau comme Paul Newman, mais, de nouveau, l'errance, l'interdiction d'accoster à Cuba où des milliers de manifestants clamaient dans les rues leur haine des Juifs, alors le bateau repart, croise au large de Miami, si près que depuis le pont on voit briller les lumières de la ville, mais là encore, personne ne veut d'eux, personne ne leur répond, Roosevelt reste silencieux comme il l'a été quand Wagner-Rogers a proposé d'accueillir vingt mille enfants juifs en plus des quotas, demi-tour vers l'Europe, aller-retour pour les camps.

Mais ce soir-là, nous étions seules dans la cuisine, et il y avait dans la voix de ma mère une telle angoisse, une telle urgence que je n'ai pas osé lui dire que soixante ans s'étaient écoulés, que, tout de même, ce n'était plus pareil. Tu as le choix, a-t-elle conclu, tu peux aller vivre avec ton père, me rejoindre plus tard, ou partir avec moi, tout de suite. Le lendemain, elle achetait deux allers simples pour Tel-Aviv. Une semaine après, l'appartement de Kings Highway était loué, nous partions. Sur le moment, je n'ai pas réfléchi. J'ai peut-être fui, moi aussi. Sa peur, ma mère depuis toujours me l'a infusée. Et puis mon père n'était plus là et j'étais malheureuse au lycée. Rachel, ma meilleure amie, qui suivait avec moi les cours de l'Hebrew School, a déménagé pour la Californie l'été dernier, et il y avait ce garçon, Jason, que je voulais oublier. Mon père était furieux. J'ai surpris des disputes violentes au téléphone : il criait tellement fort que je l'entendais, tu es irresponsable, disait-il à ma mère, folle à lier, tout précipiter ainsi, arracher la petite à sa vie, à ses amis, sans parler de moi, et de quoi allez-vous vivre, et comment vas-tu lui trouver un lycée – David et Yaël s'occupent de tout, répondait-elle avec le grand calme de la folie, avant d'ajouter cette phrase qui l'a toujours mis hors de lui : tu ne peux pas comprendre. La veille de notre départ, il m'a invitée à dîner au restaurant : j'imagine que tu sais ce que tu fais, m'a-t-il dit, tu vas avoir dix-huit ans, moi aussi, à ton âge, je rêvais d'aller voir ailleurs, mon rôle n'est pas de te retenir, mais sache que tu peux revenir, dans une semaine, dans un mois, dans un an, je serai toujours là. Et il faut aussi que tu comprennes (cela, ta mère ne veut pas l'entendre) que la guerre, tu la retrouveras là-bas.

Israël, je n'y étais allée qu'une fois, pour le mariage de David et Yaël, quand j'avais neuf ans. Je me souviens d'une fête somptueuse dans un hôtel au bord de la mer, de deux garçons bruns et bouclés, un peu plus âgés que moi, qui m'avaient emmenée jouer sur la plage, je ne comprenais pas un mot de ce qu'ils disaient mais jamais je ne m'étais autant amusée, de la robe rouge que je portais, de Yaël, belle comme une reine avec sa chevelure rousse nouée en torsades, du cercle ardent, muet, fasciné, que les invités ont formé autour de David et elle quand ils ont commencé à danser. Je ne l'avais jamais vu ainsi, mon frère à la blondeur princière, aux grâces de serpent, insolent de jeunesse, de confiance, glorieux d'espoir et de désir, et jamais non plus je n'avais senti entre les corps de mes parents cette tension, cette évidence éblouie. Je me souviens d'avoir pleuré quand ils sont partis au petit matin, je m'étais endormie sur les genoux de mon père et quand j'ai rouvert les yeux, ils avaient disparu, comme emportés par leur danse ; je pleurais encore, inconsolable, dans l'avion qui nous ramenait à New York. J'aurais voulu rester avec eux, discrète, légère, ils m'auraient adoptée. Quand leur premier enfant est né, un an après, une petite fille prénommée Hannah, comme ma mère, je me souviens d'avoir été jalouse. L'été, souvent, ils venaient nous rendre visite. L'appartement est bientôt devenu trop petit pour loger leur famille qui chaque année s'accroissait. Mais mon père refusait d'aller à Tel-Aviv : je déteste voyager, tu le sais, disait-il à ma mère, et puis David est parti, c'est à lui de revenir – et les disputes recommençaient. Nous recevions des photos d'Hannah et de ses frères, de la nouvelle maison, au bord de la mer, dans la banlieue résidentielle de Tel-Aviv, de *barbecue-parties* sur la plage, de repas de famille où l'on voyait Yaël, souriante, radieuse, un bébé dans les bras, entourée de ses parents, sa mère, aussi rousse qu'elle, mais plus frêle, son père, un sabra, haut gradé de Tsahal qui, avec sa longue silhouette élégante et un peu raide, ses yeux bleu acier, ses traits réguliers, ressemblait (j'avais envie de le croire) à Paul Newman. Ces photos d'une vie rêvée, d'une vie bénie, ma mère les disposait un peu partout, à son chevet, sur les miroirs, les étagères, la porte du réfrigérateur, elles éclataient comme autant de reproches faits à mon père, aux pièces étriquées, aux jours pesants, aux promesses déçues. Elle conservait aussi, dans d'épais classeurs, tous les articles de David qui, aussitôt après son service militaire, avait été engagé par le *Jerusalem Post* où il faisait, disait-elle, une belle carrière.

J'ignore s'il a lui aussi cherché à la dissuader de ce départ précipité. Depuis le divorce, elle lui avait rendu plusieurs fois visite à Tel-Aviv pendant que j'étais en vacances avec mon père. Et bien sûr, c'était là où elle rêvait de vivre : songe, Sarah, me disait-elle, à la belle vie que nous aurons là-bas, nous habiterons près de la mer, je t'inscrirai au lycée américain, tu auras de nouveaux amis, tu grandiras au soleil, au grand air, nous fêterons shabbat en famille, nous serons tous, enfin, réunis. Mais tout est allé si vite, David et sa belle-famille ont eu beau faire, nous nous sommes retrouvées à Kiryat Yovel : une cousine de Yaël, enceinte, venait de quitter le poste qu'elle y occupait dans une école, ma mère la remplacerait. Elle a tout de suite accepté. Je crois même qu'elle y a vu un signe : ce poste, cet appartement soudain libérés, cela voulait bien dire que sa place était là-bas, et Jérusalem, finalement, c'était un miracle redoublé, mon père ne comprenait rien, elle n'était pas folle, l'heure était venue pour elle de rejoindre la ville sacrée, la cité du Grand Roi, celle pour laquelle Dieu est un rempart. Une mission l'attendait, des enfants juifs, venus de l'Est (et tant pis si c'étaient des Russes et pas des Polonais), dans un quartier pauvre, il y avait tant à faire, l'association qui gérait l'école ne s'occupait pas seulement d'enfants mais de rescapés de la Shoah, servait des repas chauds, organisait des réunions et des groupes de parole pour ces vieillards que le retour à leur terre n'avait soustraits ni à la maladie, ni à l'isolement, ni à la misère. Voilà des années que ma mère n'avait pas travaillé. À la naissance de David, une naissance inespérée après plusieurs fausses couches, elle avait quitté le lycée de Brooklyn où elle enseignait l'histoire et mon père l'anglais. Quand, douze ans plus tard, je suis arrivée, inattendue et même pas espérée, puis avec moi les problèmes d'argent, elle a accepté des petits travaux de documentation, des traductions du polonais, qui, du matin au soir, la conduisaient dans les bibliothèques. Elle s'enfouissait là, sous des monceaux d'archives, traquant son secret, espérant et redoutant l'instant où il lui sauterait au visage, où soudain, dans une rue du ghetto de Varsovie, elle les reconnaîtrait, ceux-là qu'elle n'avait pas connus – sa mère, dont elle n'avait plus mémoire, dont, tout au fond d'elle, son corps d'enfant portait seul l'empreinte muette (des traits flous penchés sur son berceau, un sourire qui emplissait tout l'espace, qui était le monde entier, de vagues chansons, une lumière chaude, des mots mouillés, tout cela qui manquait au dernier cliché conservé par Aron où l'on voyait une jeune femme au regard grave, ses cheveux noirs ramassés en un lourd chignon dont s'échappaient des mèches folles, vêtue d'un corsage de dentelle blanche fermé sous le menton par des petits boutons de nacre, assise, le dos très droit, les mains croisées sous un ventre déjà bombé), et son frère, dont elle ne savait rien, sinon qu'il se prénommait David et était né six mois après, mort trop vite pour qu'en demeurent des images, ce nourrisson sans visage auquel la vie n'avait donné qu'un nom – enfermée dans le silence bruissant des bibliothèques, maniant de lourds volumes et des photos pâlies, elle redoutait de les voir surgir : ç'aurait pu être elle, cette femme aux cheveux noirs en désordre, les jambes nues, décharnées, sous un manteau d'homme en loques, et qui, dans une rue du ghetto de Varsovie, errait, la bouche écartelée par un cri immense et inaudible, lui, ce bébé mort qu'elle portait dans ses bras, ç'aurait pu être eux qui soudain surgissaient pour réclamer leur dû. Le soir, quand elle rentrait à la maison, ma mère ne disait rien, pâle, fiévreuse, elle se taisait comme Perla et Aron avant elle, elle ne nous voyait pas, fuyait nos baisers, coupait court, impatiente, irritée, au récit de notre journée, David lui-même n'arrivait pas à la retenir, et puis, brusquement, elle nous appelait, prenait notre visage entre ses mains, nous serrait contre elle à nous étouffer.

Dès notre arrivée à Kiryat Yovel, elle s'est métamorphosée. Jamais je ne l'avais vue ainsi, vive, allègre, presque juvénile malgré le foulard et les jupes informes qu'elle portait depuis le divorce. Tôt le matin elle partait travailler. Moi, je ne faisais rien. J'attendais la réponse des lycées où David et Yaël avaient demandé mon inscription. Seule, dans le petit appartement à peine meublé, je travaillais l'hébreu, je tenais mon journal, j'écrivais à mon père. Je ne pouvais pas m'empêcher de regarder le ciel, très pur, très vide, traversé par la courbe erratique, le cri bref d'un oiseau. Parfois, je prenais le bus jusqu'à la porte de Sion et je marchais jusqu'au Mur.

À présent que nous sommes installées à Nahlaot, tout a changé. J'ai l'impression moi aussi de me mouvoir dans un air plus limpide, plus léger, d'être tout entière traversée de lumière. Le matin, quand je passe par le square et le marché Mahane Yehuda pour me rendre au lycée, c'est comme si tout, les arbres, les fruits, les fleurs, venait à moi sans distance, dans une grande transparence. Et puis il y a les photos. C'est la première chose que j'ai remarquée quand nous sommes arrivées : sur les façades des vieilles maisons qui entourent le square, des portraits de leurs premiers occupants, de grands placards rectangulaires qui sont, ouvertes dans les murs, comme des fenêtres sur le passé. C'est comme si à travers eux on pénétrait dans la mémoire des pierres, encore irradiées par la chaleur des corps qu'elles ont abrités, comme si les murs eux-mêmes, le quartier et peut-être, me disais-je, la ville tout entière étaient un tissu innervé, organique, une fine membrane protégeant l'origine. Car ils sont vivants, palpitants, ces corps qui traversent la pierre, peut-être plus que nous qui les regardons : familles heureuses posant sur la plage, les mères aux formes pleines, vêtues de corsages légers découvrant des bras solides de bâtisseuses, les pères en costumes clairs, un canotier à la main, entourés d'enfants, garçonnets en culottes courtes et en col marin, fillettes en robe blanche, les cheveux retenus par des nœuds bouffants ; un couple de jeunes mariés debout devant des colonnes corinthiennes, lui très élégant avec son frac noir et ses traits aigus d'intellectuel, elle délicate sous le voile de dentelle qui frange son regard grave, déterminé, tenant dans sa main gauche, avec la même nonchalance, la même assurance que l'homme sa paire de gants, un bouquet de lis, tous deux déjà soudés, unis jusque par leurs gestes. Mais celle devant laquelle je me suis le plus longtemps arrêtée, celle que je salue encore chaque soir en rentrant du lycée, c'est cette jeune femme brune et rieuse, au visage rond encadré de bandeaux, que l'on voit debout, les poings sur les hanches, légèrement de biais, jambes écartées dans une posture de lutteuse, éclatante de vie, de joie, de fierté, de défi : elle te ressemble un peu, m'a dit ma mère quand elle l'a découverte, mais non, aurais-je voulu lui répondre, ce n'est pas à moi qu'elle ressemble, mais à ta mère, l'autre Sarah, c'est elle, son double radieux, son destin bifurqué, celle qu'elle serait devenue si les dés avaient été autrement jetés, si vous étiez partis tous ensemble, Aron, elle, toi et ce bébé qui s'annonçait, si elle avait su lire, elle aussi, les sinistres signes de l'avenir, écouté le jeune homme lucide et inquiet qu'elle avait épousé contre l'avis de ses parents (un fils d'artisan, qui avait de l'ambition et de l'énergie, reconnaissait son père, mais tout de même une mésalliance), si elle n'avait pas cédé à sa confiance d'enfant choyée, de fille unique d'un grand médecin, à la certitude dans laquelle elle avait grandi que le monde lui était un allié, que la vie serait toujours de son côté (cet enfant à venir, et dont elle sentait déjà les premiers tressaillements, n'en était-il pas la preuve, la vie, elle la portait, rien ni personne ne pourrait la lui prendre, plus tard, disait-elle à Aron, je vous rejoindrai plus tard, Hannah et toi, quand l'enfant sera né), oui, elle aurait pu devenir cette jeune femme brune et ronde et rieuse plutôt que celle-là qui hurlait dans le ghetto de Varsovie son enfant mort dans les bras, et toi, aurais-je voulu dire à ma mère, tu aurais été cette fillette qui pose avec ses parents et ses frères, le nœud dans ses cheveux tout de guingois à force de courses et de jeux, puis cette jeune mariée nimbée de dentelles soudée à son mari comme une statue à sa colonne, mais ne sois pas triste, nous sommes là toutes les deux, toi et moi, enfin arrivées, après bien des années, et des errances, et des enfers, et c'est pour eux, aussi, que nous allons vivre ici, toutes les deux, pour Aron, pour Perla, pour la femme et l'enfant du ghetto de Varsovie, à notre tour nous allons les porter, leur donner tout ce qui nous traverse d'air, de lumière, de promesses.

La pluie tombe encore. Je pense au mariage, aux enfants, et aux morts pour lesquels il nous faut vivre plus fort.

Un peu d'air

Un jour je partirai j'irai dans la montagne
pieds nus sur la terre sèche sous le ciel sans fissures
je m'en irai
loin des routes et des hommes aux haleines de
chiens je laisserai derrière moi les peurs et les nœuds
je laisserai derrière moi les peurs
les pierres rouleront sans bruit sous mes pieds les épines y feront
de fins dessins de sang
je suivrai le cri du chacal le vol des oiseaux les traces des bêtes à ongles et le pouls des étoiles
je marcherai dans la nuit claire
j'irai là-haut
je serai reine
haute comme une tour j'enlèverai mes vêtements
je danserai
pieds nus sur la terre sèche, les bras dressés,
cheveux défaits,
je danserai à corps perdu à coups redoublés la nuque fléchie sous le poids du ciel

la roche se fendra sous mes talons la lune sera sur moi comme un arc tendu
du bout des ongles j'arracherai sur ma peau ses reflets
je lacérerai ma tunique de chair
j'appellerai à moi les ivresses les éclats
et sur mes joues la langue des serpents essuiera le sang
je serai reine
souveraine sacrifiée offerte aux anges de flamme
plus de venin dans mes yeux ni d'épine dans ma gorge et la pierre dans mon ventre finira par rouler
la pierre dans mon ventre finira par rouler
je serai rien
dissoute dissipée dans le souffle du vent dans le ciel traversé
de raies dans des débris d'étoiles.

Le camp est enveloppé de nuit, une nuit sombre et profonde, étrangement chaude après ces jours de pluie. Dans une maison voisine, quelqu'un écoute de la musique : un air de buzuq, toujours le même depuis des heures, comme un muezzin devenu fou, comme les disques rayés des chambres de torture. J'ai ouvert la fenêtre pour mieux l'écouter. Je suis restée là sans bouger. C'est comme si mille cigales crissaient en même temps, de plus en plus vite, de plus en plus fort, et l'on se dit ça va s'arrêter, on ne peut pas vivre comme ça, dans cette fièvre, cette exaspération-là, mais ça reprend, de plus en plus vite, de plus en plus fort, et à chaque note quelque chose se brise, les barrières, les murs, le crâne, la peau, à la fin on n'est plus rien, rien que des nerfs à vif pincés comme des cordes, rien qu'une âme stridente. Cette musique me rend folle. On devrait l'interdire, nous laisser comme nous sommes, ensevelis dans le silence et la nuit. On devrait nous laisser en paix, oublieux de la danse, de la transe, barricadés dans nos voiles, stupides, défaits, soumis. Je ne veux pas de ça. Je ne veux pas qu'on me rappelle ce qui m'est interdit. Je ferme la fenêtre. Je m'assieds à ma table. Mon professeur d'arabe m'a choisie parmi toutes les filles de l'école pour participer à un concours sur la condition féminine dans le monde musulman. Elle croit en moi, elle dit qu'un jour je serai à sa place. Je ne veux pas la décevoir. J'écris ce qu'elle attend : « Mon corps ne regarde que moi. Le voile me libère du regard que l'on porte sur lui. Dès lors que mon apparence n'est plus soumise à un examen, ma beauté ou ma laideur ne font plus partie des sujets dont on peut légitimement débattre. La vraie égalité n'existera que lorsque les femmes n'auront plus à s'exhiber pour attirer l'attention et ne devront plus avoir à justifier leur décision de se réserver leur propre corps. » Si je gagne ce concours, j'entrerai à l'Université. J'étudierai la littérature anglaise. Je partirai pour Oxford. Là, je boirai du thé dans des chambres tièdes en discutant de T. S. Eliot avec des vieux professeurs au regard malicieux et au parapluie à manche de corne. Je rentrerai au pays. Raed sera fier de moi et Youssef me respectera. Au camp, on me donnera en modèle aux petites filles. Je deviendrai journaliste, présentatrice vedette d'al-Jazeera, comme Leïla Smati. Je porterai des petits anneaux d'or aux oreilles et des foulards de soie. La bouche très fardée, d'une voix suave, je dirai toute l'horreur du monde et le monde m'écoutera. Je voyagerai. J'irai dans les aéroports et passerai, bien droite, sous les portiques de sécurité qui sont comme des arcs de triomphe dressés pour mes frères. Je n'aurai plus en moi ni peur ni colère. Vaincues par l'or, les fards et la soie, les violences se coucheront à mes pieds comme des chiens maigres. J'irai sur des routes droites et claires, sans éclats ni pas de côté, sans ivresse et sans joie, entière, réconciliée.

Écoute ça, m'a dit Lily après les cours en me tendant un CD. Je les ai tout de suite remarqués, Joseph et elle. Ils étaient juste devant moi dans la file à l'entrée du lycée. Ils ont tendu leur sac à dos au vigile et sont restés silencieux, sans lui accorder un regard, tandis qu'il les fouillait et les passait au détecteur d'explosifs. Lily portait une jupe si courte et un tee-shirt si moulant qu'on aurait à peine pu y dissimuler une allumette, mais le type n'a pas osé s'attarder sur ses courbes comme il le faisait avec les autres filles qui, elles, déposaient leur sac ouvert devant lui avec un petit sourire soumis. C'est elle, la bombe, me suis-je dit en regardant ses jambes interminables et sa crinière rousse, et le garçon à côté doit être kamikaze pour la fréquenter. Quand mon tour est venu, je n'ai pas osé les imiter. J'ai répondu avec application aux questions du vigile, essayé de lui expliquer, dans mon hébreu hésitant, que je venais d'arriver en Israël, que j'avais raté la rentrée, que j'étais nouvelle au lycée. Joseph et Lily se sont retournés, ils ont jeté un bref coup d'œil à cette fille qui débarquait et faisait des fautes de syntaxe, puis ils se sont éloignés. Ce premier jour de classe, ils m'ont superbement ignorée. Les autres venaient me voir, me demandaient si je me plaisais au pays, m'interrogeaient sur le 9.11, certains m'ont même proposé de m'aider à rattraper les cours et à rédiger mes dissertations. Ceux-là étaient comme moi des nouveaux immigrants, débarqués depuis peu d'Europe ou des États-Unis. J'ai vite appris à les reconnaître, leur ardeur un peu gauche de novices, la solennité, légèrement incrédule, de leurs paroles et de leurs gestes : des acteurs appliqués à jouer un rôle trop grand pour eux, pionnier, soldat ou prophète, héros, en tout cas. Ils attendaient avec impatience le service militaire, déclinaient sans accent le nom des armes et des régiments, s'imaginaient déjà pilotes ou Golani, bandaient leurs muscles et leurs vertus guerrières. Ils habitaient un mythe, une épopée pleine de fracas et d'éclats métalliques, et il leur fallait, pour y demeurer, se façonner un esprit laser et un corps d'acier. Les autres, les aînés, les premiers-nés, ceux pour qui cette langue, cette terre n'étaient ni un sacre ni une conquête mais, simplement, un héritage, ils les considéraient avec dédain, avec envie, gardaient le silence quand ils racontaient leurs virées à Tel-Aviv, quand ils en rapportaient des mots nouveaux, des mots-valises, longs comme des verbes allemands, mais sans passé ni mémoire, des mots légers, fabriqués tout exprès pour nommer leurs plaisirs (celui-là par exemple, *Léhizdanguefff*, « aller faire des courses au centre Dizengoff »), quand ils commentaient cette soirée déguisée où une fille avait fait irruption entièrement voilée, aussitôt ils avaient bondi sur elle pour lui tordre les bras et l'empêcher de se faire exploser avant de comprendre qu'il s'agissait d'une plaisanterie – encore une soirée Shoah, concluaient-ils paisibles en roulant leurs cigarettes, tandis que pour les nouveaux venus, les cadets, les élus, ces deux mots accolés ouvraient un abîme.

Mais à part, isolés par leur fronde, leur mystère et leur beauté, il y avait Joseph et Lily. On les voyait toujours ensemble, sous le grand cèdre de la cour, à écouter de la musique. Certains les disaient amants, d'autres amis seulement, d'autres encore prétendaient qu'ils se connaissaient depuis l'enfance, de toute façon, on ne savait rien d'eux, on devait se contenter de rumeurs, ils habitaient un quartier de l'Est, leurs parents étaient des artistes, membres du Yesh Din ou de Peace Now, ils allaient refuser le service militaire, quitter le pays, ils étaient si brillants que les meilleures universités d'Europe et d'Amérique se battaient pour les accueillir – l'étrange était que personne ne leur en voulait, que tous, sans nous l'avouer, étions un peu amoureux de leur légende, de leur couple éclatant.

Ce jour-là, Madame Gonen, le professeur d'hébreu qui me donne aussi bénévolement, trois fois par semaine, des cours de soutien, m'avait rendu un devoir. C'était une rédaction, comme celles que l'on demande aux enfants : « Racontez vos premières impressions à Jérusalem » et de fait l'écrivant j'avais l'impression d'être une petite écolière naïve et balbutiante. J'ai tout raconté, le Mur, la rue al-Silsila, Kiryat Yovel, les photos sur les façades de Nahlaot, et aussi cette scène, porte de Damas : deux jeunes soldats, presque des gamins, contrôlaient un vieil Arabe, très grand, et d'une maigreur insolite, encore accentuée par la tunique blanche où, à mesure que les soldats s'attardaient sur la carte chiffonnée (se la passant l'un l'autre, la scrutant comme un fragment de Kabbale, posant vingt fois la même question d'où viens-tu que viens-tu faire ici, tout cela sans lâcher leur arme et les yeux menaçants), il paraissait s'efforcer de disparaître, de plus en plus voûté, de plus en plus fragile, jusqu'à ce que l'un des soldats jette le papier à terre et l'oblige à se courber, chancelant, jusqu'à ses pieds. Cela m'avait fait penser, écrivais-je dans mon hébreu d'écolière, à un jeu en vogue dans les cours de récréation quand ma mère était enfant : « Penny du Juif » ou « Courbe le Juif », ça s'appelait. Il s'agissait, se souvenait ma mère, de jeter de la petite monnaie aux pieds des enfants juifs et de les contraindre, avec des coups s'ils résistaient, à se pencher pour la ramasser. J'aimerais, Sarah, m'a dit Madame Gonen avec un large sourire, que tu nous lises ce passage à haute voix. J'aurais voulu disparaître sous terre. J'avais honte de mes phrases maladroites, de mon mauvais accent, mais le pire c'était ce silence qui peu à peu s'installait, plus lourd, plus méfiant, à chaque mot. La salle s'est vidée dans l'habituelle bousculade mais ce soir-là personne ne m'a dit au revoir. Elias, mon voisin de table, qui est de San Francisco et fan de Bowie, m'a juste glissé, en bouclant son sac et sans me regarder, *oh baby just you shut your mouth*. Les petits groupes qui traînaient à la sortie du lycée se détournaient à mon passage. J'allais traverser quand on m'a tapé sur l'épaule : c'était Lily. Elle m'a tendu le CD et elle est repartie. Sur l'étui on lisait seulement, écrit de sa main au gros feutre, « Matar Muhammad-buzuq ».

De retour chez moi, j'ai mis le son très fort et je me suis allongée, les yeux fermés. Je n'avais jamais rien entendu de tel, une musique-sorcière, qui passe sous la peau et tire sur les nerfs, c'était comme si chaque note faisait vibrer le tissu profond de ma vie ici, réveillait les images qui, je le sentais soudain, m'attachaient peu à peu à cette terre, me liaient à elle par mille cordes enfouies, je voyais l'air vibrant de chaleur à l'heure de midi, les collines repues de soleil, la peau moirée de la mer, le vert-argent des oliviers palpitant dans la lumière et, près de moi, Joseph, couché à l'ombre d'un grand cèdre, pesant sur moi de tout son poids, mon bien-aimé, mon bien-aimé aux boucles noires et au ventre d'ivoire, son bras gauche est sous ma tête et sa droite m'étreint, je goûte sous sa langue le miel et le lait, mes seins sont dans ses mains des grappes de raisin et nos amours plus délicieuses que le vin, ses flancs s'arriment aux miens et nos jambes se mêlent comme les vrilles de la vigne, mon bien-aimé a passé la main par la fente et pour lui mes entrailles ont frémi, il me tient fort sur la terre sèche, me fiche en elle à coups redoublés, inlassable, il m'ancre, il me retient, ô, reste avec moi mon bien-aimé, loin des anciennes fuites et des anciennes craintes, serre-moi fort dans tes bras, ne me laisse pas échapper, que je n'erre plus en vagabonde.

Soir de fête

Lily et moi nous voyons souvent désormais. Nous nous retrouvons après les cours au petit café de Mahane Yehuda. C'est elle qui me l'a fait découvrir, caché dans une allée entre un marchand de vêtements pour enfants et l'étal acidulé d'un confiseur. Nous nous asseyons à la terrasse, sous la lumière tamisée par les verrières, ou dans la salle décorée d'anciennes affiches publicitaires pour 7 Up et de photos de Grancel Fitz où l'on voit des gamins jouant au base-ball et des élégantes montant dans leur Chevrolet – *welcome home*, m'a-t-elle dit la première fois de sa voix rauque, mais je la soupçonne surtout d'être amoureuse du serveur, Ben, un Américain de la côte ouest, aussi roux qu'elle, qui manque lâcher son plateau dès qu'elle passe la porte, puis redresse ses verres et sa dignité en nous entretenant, dans un hébreu impeccable, de son cursus à l'Hebrew University. Attablées devant un thé à la menthe ou un cappuccino, nous parlons de tout et de rien, pas plus que moi elle n'aime les confidences et puis nous n'en sommes pas là. De toute façon, c'est comme si ma vie d'avant s'était évanouie, Rachel, Jason, et même mon père flottent loin dans ma mémoire, ténus, presque effacés. Le passé qui me revient, quand je parle avec Lily, est bien plus ancien, accordés aux pin-up désuètes et à l'Amérique *black and white* de Grancel Fitz, ce sont les visages d'Aron, de Perla et de ma mère enfant qui se dessinent avec une netteté photographique. De Joseph, je ne dis pas un mot. Mais Lily a deviné, je crois. Elle m'a glissé, l'air de rien, ses yeux bleu ardoise plantés dans les miens, qu'ils étaient juste amis. Nous sommes trois, maintenant, à nous retrouver sous le grand cèdre de la cour de récréation. Nous parlons de musique et de cinéma, Radiohead et les Doors, Lubitsch et Kubrick, de livres, aussi, parfois. Joseph veut partir dès l'an prochain, pour échapper au service militaire et étudier la littérature allemande en Europe : à cause de Thomas Mann, a-t-il précisé un jour, son visage sombre soudain éclairé d'un sourire. J'ai fait celle qui savait, mais Lily a bien vu que je bluffais et le soir, au café, charitable, elle m'a expliqué : son histoire, il te la racontera lui-même, s'il en a envie, tout ce que je peux te dire c'est que sa mère est égyptienne et, tu peux me croire, aussi belle que la femme de Putiphar.

Depuis, *Joseph et ses frères* est mon livre de chevet. J'en ai appris des phrases par cœur, je me surprends parfois à murmurer, comme un talisman : « Joseph avait dix-sept ans ; aux yeux de ceux qui le voyaient il était beau entre tous les enfants des hommes. » J'ai fait des recherches, relu des versets de la Torah, étudié les alliances et les généalogies, scruté, avec la minutie d'un étudiant de Yeshivah, les correspondances entre Joseph et Sarah, recopié dans mon cahier le Cantique des cantiques et, parce qu'un savant écrivait quelque part que l'histoire de Joseph y était aussi contée, j'ai ouvert le Coran. C'est devenu une obsession : ouvrir le livre interdit, celui qui brûle les doigts et dont le nom, dans la bouche de David et de ma mère, passe comme un poison. Bien sûr il était introuvable à la bibliothèque du lycée ; Madame Gonen, peut-être, aurait pu me le prêter, mais elle m'aurait posé trop de questions. Finalement, j'ai eu l'idée de l'emprunter au Centre culturel américain. À la documentaliste je l'ai demandé en chuchotant, comme on achète une arme, ai-je pensé, comme un livre érotique. Et c'était curieux de le voir là, sur une étagère de la grande salle confortable et très éclairée, inoffensif, anodin, avec son numéro de cote et sa reliure en plastique. Le soir, j'ai fermé la porte de ma chambre et je l'ai feuilleté sous mes draps. J'ai lu très vite, sans bien comprendre, que dans la Torah *se trouvent une Direction et une Lumière*, puis que *les Juifs disent la main de Dieu est fermée*, et enfin j'ai trouvé la sourate 12 : pas de bruit ni de fureur, de fracas d'armes ni d'anathèmes, mais la passion dévorante de la femme du grand Intendant pour son jeune serviteur, la rumeur de scandale et d'égarement qui court dans la ville, le repas auquel l'épouse de Putiphar convie ses amies, les petits couteaux qu'elle leur donne et soudain, lorsque Joseph paraît devant elles, cette phrase : « Quand elles le virent, elles le trouvèrent si beau qu'elles se firent des coupures aux mains. » J'ai refermé le livre, les doigts, le corps brûlant, mieux que les poèmes, la musique, les romans il disait mon désir.

La semaine dernière, Lily m'a invitée à la Cinémathèque avec sa mère. On rejouait *Titanic*. Je ne lui ai pas dit que je l'avais déjà vu, j'étais si heureuse. C'était la première fois que je sortais dans Jérusalem un soir de shabbat. Je ne reconnaissais plus rien. C'était une autre ville, transfigurée par le silence et par le vide. Les avenues des quartiers neufs, bordées de magasins fermés et de maisons aux volets clos, paraissaient plus vastes, démesurément élargies, elles se croisaient comme des nappes de nuit tachées çà et là par la lumière mouvante des réverbères. Parfois, un taxi passait, si vite que l'on n'avait pas le temps d'en distinguer le conducteur, un train fantôme de fête foraine, surgi du néant et aussitôt absorbé par la nuit. J'ai marché tout au long de King George V Street sans croiser âme qui vive. Un vent glacial s'était levé, et dans le ciel très noir les étoiles scintillaient, pulsatiles, innombrables. J'entendais le claquement de mes pas sur le trottoir ; un frôlement dans les feuilles mortes m'a fait sursauter et un chat roux a bondi devant moi. À un carrefour, sous un feu impassible qui continuait à régler l'absence de circulation, j'ai croisé un haredi. Nous sommes restés côte à côte, sans nous regarder, à guetter le vide. Il portait son chapeau enfoncé très bas sur le front et son écharpe relevée sur son visage, comme un foulard de cow-boy : c'est le Far West, ai-je pensé, le désert, la nuit du ciel est plus peuplée. J'ai traversé en même temps que lui, marché encore un moment avant de m'avouer que je m'étais perdue. Sur le côté gauche d'une petite place plantée d'oliviers rachitiques et dont les dalles blanches reflétaient le clair de lune, s'élevait un étrange monument : une arche en forme de triangle dont les bords inférieurs s'évasaient en courbes gracieuses surplombait une façade rectangulaire percée de hautes portes en ogive. Des fresques en trompe-l'œil les décoraient, qui représentaient des voyageurs sur un quai ensoleillé, attendant un train dont les wagons de bois badigeonnés de vert se profilaient à l'arrière-plan. À l'étage, trois fenêtres s'ouvraient, sans vitres ni volets, noires, béantes. Les pierres qui les encadraient étaient maculées de suie, comme par un incendie. Ce devait être l'ancienne gare de Jérusalem ; j'en avais entendu parler au lycée comme d'un endroit à la mode où se tenaient, l'été, des festivals et des concerts. À l'angle de la place, une pancarte expliquait que la station avait été construite par les Turcs en 1882 et servait de terminus à la ligne Jaffa-Jérusalem. Sur les fresques, les passagers portaient en effet turban et pantalons bouffants, même si l'on voyait aussi, attablés à la buvette, deux Anglais placides coiffés de canotiers et, plus loin, une élégante en robe blanche, un gros sac de maroquin rouge posé à ses pieds. Il y avait, dans ces fresques naïves, bien différentes des clichés de l'époque ottomane que montraient mes livres d'histoire (marchés poussiéreux, villages misérables semés sur une terre inculte, enfants aux pieds nus et aux yeux chassieux), une douceur, une aimable nonchalance, pourtant, à les regarder, j'étais de plus en plus mal à l'aise, quelque chose mentait que je n'arrivais pas à identifier, on dirait le mur de Berlin, ai-je d'abord songé, cette façon d'ouvrir un dehors, un lointain dans les pierres, d'ailleurs la Colonie allemande n'est pas loin – quand soudain, prenant conscience de l'absurdité de ma logique, j'ai senti ce qui dans ces fresques clochait, leur tromperie, leur traîtrise, c'était cette représentation innocente, ensoleillée, du voyage, ce train qui arrivait nulle part, ces rails qui débouchaient sur la place vide glacée par la lune, comme si ce décor insouciant, enfantin, autant que la transformation du terminus désaffecté en un lieu de fête et de plaisir, n'avaient d'autre but que de masquer une autre mémoire, d'autres rails, d'autres trains, un autre voyage dont les fenêtres béantes, les pierres ravagées, la cendre et les flammes portaient l'involontaire témoignage.

J'ai fini par m'arracher à cette espèce de sortilège. J'ai traversé la place et débouché dans Hebron Road. La Cinémathèque n'était qu'à quelques mètres. Lily et sa mère m'attendaient à l'entrée : deux silhouettes indistinctes dans l'obscurité, auréolées d'une chevelure couleur de feu. Yehudith m'a serrée dans ses bras comme si elle me connaissait depuis toujours, elle s'était inquiétée, elle était heureuse de me rencontrer, Lily lui avait tant parlé de moi. Nous avons descendu la rampe qui mène à la structure de verre et de pierre, brillamment éclairée. Des empreintes la constellaient, comme sur le *Walk of Fame* d'Hollywood, sauf que les noms qui s'y inscrivaient n'étaient pas ceux de stars mais de mécènes. Le vigile nous a laissées passer sans nous contrôler, Lily et sa mère étaient des habituées. Il nous restait un peu de temps pour dîner avant la séance. On nous a installées à une table à côté de la grande baie vitrée qui donne sur les murailles de la Vieille Ville et la citadelle de Jaffa. Et comme je regardais, apaisée, son flanc sombre tatoué de lumières inégales, les unes blanchâtres, éparses, nébuleuses, les autres vivaces et denses, Yehudith m'a dit tu vois, mon minou, ici, même la lumière est politique, elle brille plus fort dans les quartiers juifs, et là où elle pâlit et se raréfie tu peux être sûre qu'il s'agit d'un quartier arabe. Puis elle a enchaîné : c'est courageux, ce que tu as fait pendant le cours d'hébreu, Lily m'a raconté, oui, il arrive que les Juifs soient le miroir de leur propre cauchemar. Je suis née ici, à Haïfa, comme mon père et ma mère, mes grands-parents venaient de Lituanie et de Bessarabie, le reste de la famille est mort dans les pogroms, pour rien au monde je ne quitterais cette terre, mais je l'aime d'un amour douloureux, contrarié. Être juif, pour moi, cela signifie « Tu ne tueras point » et « Tu accueilleras l'étranger ». Bien sûr nous ne pouvons être parfaits, d'ailleurs qui l'est, et c'est peut-être encore nous singulariser, nous traiter en suspects que de nous le demander. Les États, comme les hommes, naissent dans le sang et les cris, tout procède de la violence, mais cette violence que nous avons faite aux autres et qu'ils subissent encore, nous ne pouvons continuer à la nier. Tu connais la prière que Dieu s'adresse à lui-même dans le Talmud, « Que ma volonté fasse subjuguer ma colère par ma miséricorde »… Il nous faut, nous aussi, apprendre à subjuguer notre colère – laisse-moi parler, Lily, dit-elle à sa fille qui levait les yeux au ciel tout en picorant son poisson aux épices, j'ai presque fini et il faut que Sarah comprenne dans quelle folie elle vit. Et comme je la regardais, stupéfaite, elle reprit : dans quelle folie, oui, tous ici, Israéliens et Palestiniens, Arabes et Juifs, comme tu voudras, nous partageons la même folie, c'est elle qui, comme la terre, nous divise et nous réunit. Nous partageons une même hantise, tous, nous sommes habités par des cohortes de morts. Elle se tut un instant, puis, les yeux baissés, sourcils froncés, comme si elle récitait : les nôtres sont plus nombreux, plus errants, nulle terre, nul corps, nulle mémoire ne suffira jamais à les contenir. Et ils sont si proches encore, cinquante années, ce n'est rien, c'est toujours aujourd'hui, nous continuons à vivre dans la nuit qui les a engloutis, l'étreinte dont nous sommes nés n'a pas suffi à la conjurer, pas plus que les veilles et les chants de nos mères, elles-mêmes, penchées sur nos berceaux, savaient-elles quelles âmes elles tentaient d'apaiser, quelle détresse elles berçaient, les caresses qui ont façonné nos corps d'enfants c'est à d'autres aussi qu'elles les prodiguaient, dans nos cris elles entendaient ceux-là qui sont restés sans réponse, nos premiers mots ont été tissés de leur silence et à travers nos prénoms elles convoquaient des absences, elles-mêmes, qui se levaient la nuit pour nous regarder dormir, savaient-elles de quoi nous étions le désir, un commencement allégé de tout souvenir, ou un pacte scellé avec le passé ? Portées dans leur sein comme un livre plié et mis de côté, nous savions tout cela, les noms des morts nous pouvions un à un les épeler et quand, pour la première fois, elles ont prononcé le nôtre, nous les avons entendus qui y répondaient, ce savoir-là, l'ange qui, au jour de notre naissance, a posé son doigt sur nos lèvres fermées ne nous l'a pas fait oublier, nous portons désormais l'empreinte d'une nouvelle alliance et d'un autre commandement : « Tu n'oublieras pas. » Et pourtant, dit-elle à voix forte, les yeux levés vers moi. Les autres aussi ont une mémoire, un savoir transmis par l'angoisse des mères et la honte des pères, les autres aussi ont leurs morts, que nous ne pouvons ignorer. Je me dis parfois que ce sont eux qui se battent à travers nous, nous luttons pour des murs, une maison, un quartier, un morceau de terre ensoleillé, mais ce sont des ombres qui à travers nous s'affrontent, sans cesse à la surface nous traçons des frontières, au feutre rouge sur nos cartes, à coups de check-points et de colonies sur les routes, mais ce sont elles qui, souterraines, se font la guerre, qui, fiévreuses, inquiètes, insistantes, se cherchent une tombe. Ces morts qui de toute part nous envahissent, il doit y avoir une autre manière de leur rendre justice. Je ne peux me résoudre à abandonner leur sort à ceux-là qui transforment le rêve en cauchemar, la fierté en honte, qui perpétuent le culte du sang et de sa pureté, sont prêts à brûler notre drapeau ou à le planter sur les terres des autres. Ce n'est pas à eux que les fanatiques – les nôtres, comme ceux de l'autre côté – sont fidèles, c'est à la mort elle-même. À travers eux ils rendent un culte au néant. Il doit y avoir une autre façon de les servir, de les aimer, de les apaiser. Sais-tu pourquoi les larmes sont acides ? C'est, dit le Talmud, parce qu'ainsi les yeux brillent et sont plus beaux, mais aussi parce que ceux qui sans cesse pleurent les morts finissent par s'aveugler : vient un jour où il faut arrêter de pleurer, et savoir que les yeux brillent plus fort des larmes qui ne sont pas versées – oui, Lily, je sais ce que tu vas dire, il faut aussi parfois arrêter de parler, mais toi, Sarah, tu restes muette, tu ne manges pas, que penses-tu de tout cela ?

C'est vrai, j'étais comme interdite, je n'avais jamais entendu ce langage-là. Je regardais Yehudith, ses cheveux roux, ses yeux de la même nuance ardoise que ceux de sa fille, le creux léger, l'empreinte de l'ange, entre sa bouche et son nez, les fines rides douloureuses qui plissaient son front tandis qu'elle parlait, et des mots me traversaient, des phrases, des formules, que je n'avais jamais prononcés, pas même pensés. Ces mots, entendus à la table de David, attrapés au vol à New York pendant les discussions dans la cuisine, se superposaient à ceux que j'avais si maladroitement écrits, ils effaçaient l'image du vieil Arabe de la porte de Damas, ils résonnaient en moi avec la limpidité d'une comptine enfantine. Et ce sont eux qui, avant même que j'aie le temps d'y réfléchir, me sont venus à la bouche : les Arabes veulent notre mort, disaient ces mots, l'identité palestinienne n'est qu'un prétexte et une invention, ils n'ont jamais admis notre existence pas plus que celle d'Israël, le grand mufti de Jérusalem était l'allié des nazis, on ne peut pas leur faire confiance, nous leur avons tout donné, nous avons fait verdir le désert et ils ne songent qu'à se débarrasser de nous. À mesure que ces mots sortaient de ma bouche, que je les entendais résonner dans le silence (du bon hébreu, d'ailleurs, des phrases correctes, simples mais bien construites, comme celles que l'on apprend dans les manuels de conversation pourriez-vous m'indiquer mon chemin je ne suis pas d'ici quelle heure est-il s'il vous plaît), je voyais se froncer les sourcils de Lily tandis que ceux de sa mère se relevaient, circonflexes, en une drôle d'expression mêlée d'inquiétude et d'étonnement : ah, dit-elle. Je vois. Puis, penchée vers moi, très doucement, en détachant les mots comme on parle à un enfant : je vais te raconter une histoire. Lily t'a dit, peut-être, que j'illustre des livres pour les adolescents ; j'essaie d'y dessiner autre chose que des Arabes perfides, des armes et des avions. Un jour, j'ai accompagné une classe à Yad Vashem. Tu sais, n'est-ce pas, on en sort asphyxié, aveuglé, on feuillette le Livre d'or où un Allemand a écrit *Es ist nicht meine Schuld* et l'on se dit s'il en est ainsi, si, après avoir vu cela, quelqu'un a besoin d'écrire ce n'est pas ma faute je n'y suis pour rien ça ne me regarde pas, tout peut recommencer, alors on s'arrête un moment sur la terrasse, on allume une cigarette, on s'accoude à la balustrade, et on regarde la forêt de Jérusalem. À côté de moi, une petite était en larmes. Face à ces arbres, ces sombres pins mêlés aux cèdres et aux eucalyptus, sous le ciel gris d'une journée d'hiver, c'était, me dit-elle, comme si elle était projetée dans un autre espace, un autre temps, c'était la forêt polonaise qu'elle voyait, où elle-même n'était jamais allée mais où son grand-père avait combattu aux côtés des partisans, il lui semblait en reconnaître l'odeur, la lumière, entendre, dans le bruissement des feuilles, dans le vent indistinct, des cris et des chants, c'était, me disait-elle, comme si toutes ces vies volées, ces âmes errantes dont le Mémorial conserve la trace, les archives lacunaires et pâlies, avaient trouvé refuge dans cette forêt. C'est ainsi, poursuivit Yehudith, la forêt de Jérusalem est la forêt des mânes, tous nous y retrouvons nos morts, mais nous ignorons, ou ne voulons pas savoir, qu'ils ne sont pas seuls à la peupler. Je ne l'ai pas dit à la petite ce jour-là, mais je te le dis à toi : ces rares figuiers, ces amandiers, ces cactus et ces noyers que cachent les pins et les eucalyptus, sont le signe qu'il y avait là des villages palestiniens, Beit Mazmil, Beit Horish, Deir Yassin, Zuba, Sataf, eux aussi ont des noms, ce sont leurs champs, leurs oliveraies, leurs cultures en terrasses que recouvrent nos arbres. Moshe Dayan lui-même le disait en 1956 : nous leur avons pris leurs villages et leurs terres, nous ne pouvons pas leur en vouloir de nous haïr. Nous avons substitué notre mémoire à la leur. Cette terre où nous vivons, et que nous voulons croire immémoriale, est comme une couche d'argile, meuble et fragile, où se mêlent les vestiges de deux catastrophes : la nôtre est innommable, mais est-ce une raison pour nommer la leur du nom de notre victoire ? Telle est l'histoire dont nous héritons, la tragédie qui nous poursuit : on a réparé un crime absolu par une terrible injustice –

mais il est tard, la séance va commencer, allons-y, si vous voulez ?

Je me suis levée comme un pantin et j'ai suivi Yehudith et Lily. J'avais une phrase en tête, obsédante, mécanique, qui depuis ne m'a pas quittée : *Israel is the most ugly-beautiful country.*

Il y avait fête, hier, après la prière. Je devais aller chercher ma mère au Club des Femmes avec Amir et y retrouver Salma et Ibrahim. Salma, d'habitude toujours à l'heure, n'était pas là. Tandis que ma mère, pour occuper Amir, l'emmenait regarder, dans la salle du bas, les trophées remportés par l'équipe de basket, les robes brodées par les vieilles et les photos des occupations du camp en 1956 et 1967, chars d'assaut devant les grilles, enfants en pleurs dans les ruines, rangées de prisonniers aux yeux bandés, je me suis assise dans le café du dernier étage. À travers les grandes vitres poussiéreuses on ne voit que les collines, la mer, peut-être, au loin, on oublie les barbelés, les canalisations crevées, les tas d'ordures hantés par les chats, on est haut dans le ciel, suspendu, flottant. On oublie ce qu'on a traversé pour arriver là, les paliers du Club gravis un à un, les marches du grand escalier qui sont comme une remontée dans la mémoire, une traversée des terres volées, les noms des villages perdus peints sur la paroi, Beit Jibrin, Khirbat al-Tannur, al-Walaja, Kidna, Lifta, Islin, Deir Aban, Deir Rafat, Thikrin, al-Dubban, Beit Natif,

Artuf, Beit Mazmil, Beit Horish, Deir Yassin, Zuba, Sataf, les étapes de la défaite franchies une à une, chaque marche un pas de plus dans la honte et la dépossession, chaque nom un clou enfoncé dans le cœur. Au troisième étage, interrompant la litanie des noms égrenés comme un collier de prière, de colère, quelqu'un a peint Handala. Un éducateur, sans doute, un homme de bonne volonté soucieux de donner pour modèle aux gamins du camp ce petit bonhomme de bande dessinée, avec ses pieds nus, sa blouse raccommodée, ses trois poils dressés sur le crâne, ses mains croisées dans le dos, pas d'autre arme que son stylo. Nous avons tous grandi avec cette image inoffensive qui prête à notre guerre les traits d'un enfant démuni et têtu. Mais après toutes ces marches, tous ces noms, on se dit que ça ne peut pas être ça, la fin de l'histoire, ce gamin placide debout devant un mur plus grand que lui et qui ne ramasse même pas les pierres que l'on voit à ses pieds. Puis on arrive au dernier palier et là, sur le mur, éclate une fresque vive, plus de barbelés ni de petit bonhomme aux mains croisées dans le dos mais, entouré d'oiseaux, devant al-Aqsa, le visage d'un martyr au front ceint d'un foulard vert, lèvres serrées et arme au poing, et les lettres qui, comme les oiseaux, volent autour de lui, ne disent plus la défaite et la perte mais la vengeance et la gloire.

Suspendue dans le ciel, j'attendais Salma en buvant un thé à la menthe. Des coupures de presse étaient affichées sur le bar, la visite d'Abou Amar dans le camp, l'ouverture d'un centre pour handicapés, et une petite image froissée où l'on voyait, au-dessus de la proue d'un paquebot, les profils accolés d'un garçon et d'une fille aux longs cheveux roux. En grosses lettres blanches sur l'arête du bateau, on lisait TITANIC. J'ai essayé d'imaginer l'histoire, peut-être un western avec des colons et des pionniers mais alors où étaient les Indiens, en tout cas il y avait des voyages, des départs, des amours fendant les flots, une vie rêvée. Et tout à coup j'ai été reprise par ce même vieux démon amer qui ne me laisse jamais en paix, projette devant moi, aussi nettes, aussi présentes que doivent l'être celles du cinéma, les images d'une autre vie, mon dû, mon droit, si j'étais née du bon côté. Je n'étais plus Leïla vêtue de noir attendant seule dans une maison du camp, mais une Américaine aux cheveux roux et à la peau de lait, et un garçon aux yeux clairs et au visage d'enfant se blottissait dans mon cou. J'étais une Anglaise embarquant seule sur un paquebot avec un short et un sac à dos. J'étais une Israélienne en robe légère et aux bras nus assise à la terrasse d'un restaurant de Jérusalem, guettant des amis pour aller voir un film puis danser, fumant une cigarette, songeant à ses prochaines vacances à Eilat ou à San Francisco, et oubliant de remercier le Ciel pour cela qu'elle avait toujours connu, pas même eu à désirer, la robe légère et la terrasse, le cinéma, la liberté, ou bien, peut-être, et pire encore, s'offrant, devant un ouvrier aux vêtements gris de poussière ou un gamin aux pieds nus et à la blouse déchirée, la jouissance de la pitié, le luxe suprême de penser à nous, une petite pensée légère et frissonnante comme un panache sur le casque du vainqueur – soudain Salma est entrée. Elle paraissait bouleversée. Nous nous connaissons depuis l'enfance, nous avons joué et grandi ensemble comme nos frères à présent, mais jamais je ne l'avais vue ainsi, le visage figé par la colère et l'angoisse. Elle est venue vers moi, a serré fort mes mains dans les siennes, et s'est jetée dans mes bras, muette, tremblante. J'ai d'abord pensé à Ibrahim, puis à ses frères aînés et à son père, c'est une famille sans histoires, qui toujours s'était tenue à l'écart de la violence mais peut-être leur tour était-il arrivé du pire – non, a-t-elle chuchoté, le visage enfoui dans mon cou, à mots hachés, c'est Darine ma cousine c'était au check-point tout à l'heure elle allait passer quand une femme a surgi paniquée un nourrisson dans les bras elle lui a demandé de lui céder sa place le bébé était malade il avait de la fièvre des convulsions une ambulance attendait de l'autre côté il fallait le conduire d'urgence à l'hopital Darine a accepté bien sûr mais les soldats ont dit à la femme de retourner au bout de la file elle hurlait sanglotait et le visage du bébé devenait tout bleu alors Darine les a suppliés a traduit en anglais ce que la femme criait très bien ma belle a dit l'un des soldats mais il faut que tu me donnes un baiser en échange c'est impossible a dit Darine pleurant elle aussi vous ne pouvez pas me demander cela un baiser contre un bébé ce n'est pas si cher payé a répondu le soldat, mais je veux bien faire un effort tu n'as qu'à embrasser le shebab qui fait le fier derrière toi c'était Rachid un ami de son frère il parle anglais lui aussi il a dit que c'était interdit qu'ils n'étaient pas mariés qu'on était en public alors le soldat a arraché le hijab de Darine le bébé ne respirait plus Rachid a embrassé Darine devant tout le monde la femme est passée Darine s'est réfugiée chez nous elle a peur de son père son honneur est perdu – je n'en peux plus, a dit Salma, Salma la douce qui toujours sourit et calmait mes colères quand nous étions enfants, et chantait et priait quand nous jetions les pierres, je n'en peux plus, c'est comme si mon cœur allait exploser.

Levant la tête, j'ai vu nos mères qui nous regardaient. Je ne les avais pas entendues entrer. Ibrahim et Amir se tenaient derrière elles, main dans la main, sans bouger, leurs grands yeux noirs levés vers nous. La mère de Salma a attrapé sa fille par l'épaule, brusquement elle l'a arrachée à mes bras, fait pivoter vers elle, ça suffit on arrête ça, elle a joint ses paumes en calice et Salma y a plongé son visage, les hommes s'occupent de tout, toi, tu dois retrouver ta tête et tes yeux, il nous faut tenir droit et aller à la fête, au premier rang avaler la haine, tout en lui parlant elle essuyait ses larmes et son geste ne choisissait pas entre la gifle et la caresse.

La salle était déjà pleine. On aurait dit que tout le camp était là. Il y avait sur l'estrade des pupitres, des micros et un tapis rouge. Les haut-parleurs ont diffusé les premières notes de la chanson et les petites ont fait leur entrée. Elles se sont alignées sur le devant de la scène, sages et fières avec leurs blouses d'écolières et leurs cols blancs. Elles avaient à peu près l'âge d'Amir et d'Ibrahim, cinq ans, sept ans peut-être pour la plus vieille. Sur la bande préenregistrée, des voix d'hommes, très graves, chantaient. Les petites agitaient en rythme le drapeau de Palestine avec de grands sourires qui dévoilaient leurs dents tombées. La musique s'est accélérée et elles se sont rangées en deux files de chaque côté de la scène. Cinq d'entre elles se sont détachées et ont reculé, à pas comptés, jusqu'au rideau. Puis, l'une après l'autre, elles sont venues faire leur numéro. La première portait, noué sur son front, le bandeau vert des martyrs ; d'une main elle tenait un baigneur, dont elle avait aussi entouré le crâne nu d'un lambeau de tissu vert, de l'autre, une Kalachnikov en plastique, comme le Beretta d'Ibrahim. Elle exécutait sa danse avec application, les sourcils froncés par l'anxiété, serrant fort contre elle sa poupée, la regardant parfois comme pour se rassurer. Elle ne savait pas bien quoi faire de son autre main, ni de cette arme qui brinquebalait contre ses jambes, parfois elle l'agitait, par saccades, à contretemps, parfois aussi elle se trompait, serrait la mitrailleuse contre sa joue et braquait sa poupée. Elle a eu l'air soulagée quand le tour est venu de la deuxième. Celle-ci portait aussi une Kalachnikov et autour de la taille une ceinture d'explosifs faite de chiffons rembourrés. Elle était un peu plus jeune, moins timide, elle brandissait son arme et dansait avec elle comme avec un cavalier. La troisième, vive, gracieuse, était enveloppée d'un keffieh. Elle tournait, virevoltait, les yeux brillants de plaisir, calait ses poings contre ses hanches, puis levait haut les bras, montrant deux petites paumes ensanglantées de henné, avant de les croiser contre sa poitrine. La suivante était vêtue d'une très jolie robe brodée ceinturée d'explosifs. Elle tenait un sabre presque aussi grand qu'elle avec lequel elle exécutait une chorégraphie compliquée, pliant les genoux, tournant sur elle-même, comme pour esquiver les coups d'un adversaire virtuose et invisible. Parfois aussi elle hésitait, se frottait le nez de sa main libre. La ceinture, trop large, flottait autour sa taille, un homme est monté sur la scène pour la rajuster. Une femme en a profité pour quitter la salle avec ses enfants. J'ai senti que Salma avait envie de la suivre. Depuis le début elle s'agitait sur sa chaise et, pendant la danse des petites avec leurs faux explosifs, elle avait voilé ses yeux de ses mains. Moi, je regardais, j'écoutais. De leur voix grave, les hommes chantaient Wafa Idriss, sa gloire et son héroïsme, son corps devenu arme et feu et sabre, son corps éclaté plus tranchant que la pierre, son corps fleur de sang jailli de notre terre. Je regardais les petites, leur danse maladroite, la timide coupée en deux avec sa mitrailleuse et sa poupée, la vive et l'anxieuse qui se frottait le nez, et mon regard était le fil sur lequel elles dansaient. En silence, je composais pour elles des pas et des chants : dansez, mes chéries, mes toutes belles, dansez, et tournez, et sautez, envolez-vous, petits oiseaux de paradis, vous qui ne savez rien encore et vous souvenez de tout, montrez-moi le chemin, je vois le ciel dans vos sourires et la mort se blottit dans vos mains. Tout à coup mes yeux se sont brouillés. La cinquième s'était avancée. Elle était encore plus jeune que les autres, à peine quatre ans, ses joues rondes se creusaient de fossettes de bébé. Sur ses cheveux courts, très noirs et très bouclés, elle portait un drôle de chapeau carré, comme une étudiante d'Angleterre, et son petit corps était enseveli dans une large toge noire. Elle dansait avec aisance et gravité, sans un regard pour le public, sur un rythme un peu plus lent que celui du chant des hommes, comme si elle suivait sa propre musique. À un moment, elle a levé haut les mains et les manches de sa toge ont glissé sur ses bras bruns et potelés. J'ai eu l'impression qu'elle me faisait signe, que ses bras étaient tendus vers moi. Je la voyais floue à travers mes larmes, légère comme un flocon de laine cardée. C'est un ange, me suis-je dit, c'était une évidence, l'ange qui contient mon secret, au creux de ces joues rondes, au fond de ces yeux noirs se cachent mon histoire, mon enfance, mes avenirs, ma mort et mon désir, et de ses doigts menus elle file mon destin.

Jour de classe

Nous avions cours d'histoire aujourd'hui. Au tableau, en grosses lettres, le professeur a écrit « La naissance de l'État d'Israël ». Sur le manuel qu'il nous a demandé d'ouvrir je lis :

LA DÉCLARATION BALFOUR

Complètement engagée dans la Première Guerre mondiale, la Grande-Bretagne cherchait des appuis. La déclaration Balfour était destinée à se rallier les Juifs. L'intérêt qu'avait la Grande-Bretagne à établir son influence sur le Proche Orient, en particulier autour du canal de Suez, pesa lourd aussi. La déclaration Balfour fut accueillie avec une joie profonde par les sionistes, qui la considérèrent comme la charte tant attendue pour laquelle Herzl avait œuvré. Mais ses termes étaient vagues et ne comportaient aucun engagement effectif. En revanche, l'obligation de ne pas porter atteinte aux droits des communautés non juives de Palestine figurait en bonne place, au point de rendre inopérante toute tentative de fonder un foyer national.

LES ÉMEUTES DE 1920

Les premiers conflits nationaux entre Juifs et Arabes en terre d'Israël éclatèrent en 1920 dans deux foyers d'émeutes : Tel-Haï et Jérusalem. Tel-Haï était une colonie isolée à l'extrême nord de la Galilée, entre des terres sous autorité française et d'autres sous autorité britannique. En janvier 1920, Yosef Trumpeldor, un ancien officier de l'armée du tsar, arriva avec un groupe de « gardiens » pour assurer sa défense. Le 1er mars, des Arabes des environs demandèrent à y entrer pour voir si des Français armés ne s'y cachaient pas. Une fusillade éclata. Trumpeldor expira pendant l'évacuation des lieux. Le médecin qui l'avait soigné déclara plus tard que ses derniers mots avaient été : « Qu'il est bon de mourir pour notre terre ! » Un mois après, d'autres affrontements éclatèrent à Jérusalem. Des Arabes qui célébraient en grand nombre les festivités de Nabi Moussa furent manipulés par de fausses rumeurs selon lesquelles les Juifs allaient s'emparer des lieux saints musulmans. La foule attaqua des Juifs dans la Vieille Ville puis à l'extérieur des murailles. Zvi Nadav, qui eut à défendre les Juifs de Jérusalem, se souvient d'un spectacle effroyable, d'une atmosphère de pogrom. Ces événements entraînèrent la création de la Haganah. Sa naissance est liée au nombre élevé de morts pendant les émeutes, au sentiment d'impuissance du Foyer juif, à l'immobilisme de la police britannique et à son indulgence envers les émeutiers.

LA GUERRE D'INDÉPENDANCE

Le 29 novembre 1947, l'Assemblée des Nations unies approuva à une écrasante majorité la proposition de création de deux États indépendants côte à côte (résolution 181). Le Foyer juif accueillit le soir même la décision par des chants et des danses, mais dès le lendemain matin les Arabes qui n'avaient pas accepté le plan de partage, soutenus par des volontaires venus d'autres pays arabes, se lancèrent dans des actions terroristes. La guerre fut déclenchée aussitôt après l'annonce des résultats du vote. À l'approche du retrait des Britanniques du pays, la direction du Foyer juif décida de passer de la phase défensive à la phase offensive dans le cadre d'un plan appelé Daleth. La Haganah procéda à l'expulsion intentionnelle des Arabes. Tous ne furent pas chassés, et il n'y eut pas d'instructions officielles dans ce sens, mais on laissa les officiers libres d'agir selon leur appréciation. Ils provoquèrent la fuite des habitants en les expulsant ou en les intimidant, mais il arriva aussi que les Arabes prennent peur sans que les forces juives interviennent directement. 370 villages arabes furent ainsi détruits au cours de cette guerre. Les combattants juifs furent également responsables d'un certain nombre de massacres, de pillages et de viols, ainsi à Deir Yassin. Le 14 mai 1948, David Ben Gourion annonça la création de l'État d'Israël. À minuit, le Mandat prit fin et les Britanniques quittèrent le pays. L'armée égyptienne pénétra par le sud dans la Palestine mandataire ; l'armée syrienne entra par le nord jusqu'à la vallée du Jourdain. Hagaï Horowitz exprime ainsi les sentiments du Foyer juif à cette époque : « Les gens ne comprennent pas que nous avions affaire ici à la suite de la Shoah en Europe ; que nous autres, Juifs d'Israël, étions destinés à être exterminés. »

Nous avions cours d'histoire aujourd'hui. Au tableau, en grosses lettres, le professeur a écrit : « La Nakba ». Sur le manuel qu'elle nous a demandé d'ouvrir je lis :

LA DÉCLARATION BALFOUR

La convergence d'intérêts entre Britanniques et sionistes aboutit à la déclaration Balfour. Un projet fondé sur l'expropriation de la terre, l'accaparement des richesses du peuple, l'effacement de son identité, l'encouragement des troubles, l'expansionnisme et la répression de tout mouvement de libération. Par ce texte, la Grande-Bretagne offrait une terre qu'elle ne possédait pas (la Palestine) à un groupe auquel elle ne revenait pas (les sionistes) sur le compte des propriétaires légaux de cette terre (le peuple arabe palestinien). L'année 1917 est pour les Palestiniens la première d'une série de dates lourdes de tragédies, de guerres, de désastres, de morts, de démolitions, d'expulsions et de catastrophes.

SOULÈVEMENTS POPULAIRES DE 1920

À la suite de provocations des sionistes, les premiers heurts sanglants eurent lieu à Jérusalem entre le 4 et le 8 avril, alors que la communauté musulmane fêtait la saison d'al-Nabi Moussa. Les célébrations tournèrent en manifestations violentes qui opposèrent la rue arabe aux Juifs et à la police britannique. Un rapport imputa ces troubles au désespoir des Arabes et à leur rejet de la déclaration Balfour, à leur crainte que l'implantation du foyer national juif ne pousse les Juifs à les exclure. Au vu des injustices à l'encontre des populations autochtones qui y étaient démontrées, les Britanniques et leurs complices préférèrent garder secrètes ces conclusions.

LA NAKBA

La résolution 181 déclencha, d'une part, le compte à rebours de la proclamation de l'État d'Israël et, d'autre part, la Nakba (la Catastrophe). Les affrontements et combats éclatèrent dès le vote du Plan de partage du 29 novembre 1947. Celui-ci attribuait 57 % du territoire aux habitants juifs qui ne constituaient que 31 % de la population. Ce qui arriva au peuple palestinien en 1948 est une expropriation de la terre, une expulsion des habitants, un assassinat de la vérité. La Catastrophe n'était pas le fruit du hasard mais le résultat des multiples assujettissements, meurtres, exécutions, enlèvements, bannissements, parallèlement à un complot mondial et arabe à l'encontre des Palestiniens. La destruction des 418 villages palestiniens à l'ouest de la Ligne verte, le souci de dissimuler toute trace indiquant la présence d'une vie palestinienne antérieure sur ces terres, les massacres commis contre le peuple palestinien confirment la brutalité dont ce dernier a été la victime. Le plus tristement célèbre de ces massacres est celui de Deir Yassin, le 9 avril 1948, qui fit plus de 100 martyrs et des dizaines de blessés. Après la Nakba, 750 000 Palestiniens (sur 1,4 million en 1948) erraient sans savoir où aller. Les familles étaient dispersées, les vieillards s'éteignaient, les enfants se chargeaient d'autres enfants plus jeunes qu'eux, les nourrissons mouraient de faim. Les Palestiniens se retrouvèrent dans un monde étranger qui les regardait étrangement, parce qu'ils semblaient différents, parce qu'ils faisaient peur, parce qu'ils étaient « réfugiés ». Dans la Palestine occupée en 1948 il ne restait – sur 900 000 habitants – que 160 000 Palestiniens. Les autres avaient été expulsés ou tués.

II

Je me suis enfermée dans ma maison d'araignée, ensevelie dans la cendre et le gris. Ouverts ou clos mes yeux voyaient des horreurs. Et dans le silence j'entendais encore les cris. J'ai tendu un rideau sur ma fenêtre, un drap sur le miroir, un autre encore sur ma tête. Je me suis allongée, l'âme collée à la poussière. J'ai laissé toute la place à la peur (*Il a ouvert en moi brèche sur brèche il a brisé mes dents avec du gravier il m'a nourrie de cendres*). Je ne l'ai pas vue venir. Je n'ai pas senti le filet qu'elle tissait sous mes pieds. Le lendemain de l'attentat, tout allait bien. Je suis sortie de chez moi, je suis allée au lycée. J'ai longtemps regardé les arbres nus du square, le grand ciel vide d'hiver. J'ai longé Mahane Yehuda. Les éclats de verre, les barrières de sécurité, les militaires, tout cela et même la vague odeur de fruit pourri de chair brûlée était comme familier. Je suis arrivée à l'heure, j'avais calculé le temps exact qu'il me faudrait pour contourner le marché. À l'entrée du lycée, les contrôles étaient renforcés. Flanqué du Principal et d'un soldat, un Russe au regard perçant et à la mâchoire carrée, le vigile ne plaisantait plus, à peine s'il nous saluait. Dans la cour, on s'assurait par de brefs coups d'œil qu'on était encore vivants. Seuls Joseph et Lily manquaient à l'appel. Des groupes se formaient. Nerfs à vif, muscles bandés, les cadets échangeaient des informations, supputaient la charge d'explosifs, le nombre de morts et de blessés, se disputaient sur l'origine de la kamikaze : une fille des Territoires, disaient les uns, un homme déguisé en femme, croyaient savoir les autres – vu ce qu'il en reste, c'est pas facile à déterminer, glissait un aîné, narquois, blasé, en tirant sur sa cigarette, et les autres le regardaient, se demandaient s'il fallait rire, sûrs d'une chose au moins : contre ce corps déchiqueté, ils faisaient bloc enfin, unis, soudés. Les cours se sont déroulés normalement. On nous a juste informés qu'une cellule de psychologues se tenait à notre disposition. Personne n'y est allé, ou alors en secret. Cela aussi, nous le savions d'instinct, les nouveaux venus comme les héritiers : il fallait faire comme si tout était normal, y mettre toute notre énergie, des lycéens normaux par une journée normale dans un pays normal, c'était la riposte, l'arme de défense massive.

J'ai tenu bon, toute la journée, à peine eu l'impression, fugitive, que les vitres de la salle de classe tremblaient et trouvé, aux fruits qu'on nous a servis au déjeuner, un vague goût de cendres. C'est le soir, à la sortie du lycée, que ça a commencé, à l'heure exacte où, la veille, j'essayais de convaincre Lily de retourner au café de Mahane, de se réconcilier avec Ben qu'elle avait aperçu dans la rue au bras d'une fille, une espèce de Californienne, disait-elle avec une moue de dégoût, en short et baskets et trop bronzée, alors que trois jours auparavant elle l'avait attendu jusqu'à la fermeture et, sitôt les derniers clients partis, les verres essuyés, les lumières éteintes, le rideau de fer baissé, s'était laissé embrasser sous les photos des pin-up qui clignaient de l'œil, d'accord, disait Lily, on retourne au café mais alors Joseph vient avec nous et on joue l'amour fou, hé là, disait Joseph, j'ai autre chose à faire, pas envie de servir de doublure, d'ailleurs, ton Benjamin, qui te dit que la fille en short n'est pas sa sœur ou sa cousine, et nous étions là tous les trois à palabrer sur le trottoir, Joseph développant son hypothèse, Lily pas loin d'oublier sa colère, moi impatiente, proposant qu'au moins on se dirige vers le marché, quand ça a explosé.

Nous nous sommes tus, pas même regardés. Joseph nous a prises par la main et nous avons marché vers Mahane Yehuda, tout droit vers le bref, profond silence qui a suivi puis explosé lui aussi en sirènes et en cris. D'autres faisaient comme nous, des élèves, des passants, marchaient droit sur le trottoir sur la chaussée, muets, résolus, leur portable à l'oreille, nous n'avions qu'à les suivre, par les fenêtres ouvertes des voitures des immeubles on entendait s'allumer les radios les télévisions on attendait le bruit répercuté de l'explosion des sirènes et des cris, et cela aussi c'était déjà familier, parmi ces hommes portant kippa, ces ménagères ces commerçants je voyais se glisser des jeunes cadres new-yorkais avec leur attaché-case et leur costume croisé allant, sous une pluie de cendres, vers des tours effondrées, et derrière les programmes de variété, les séries télévisées de l'après-midi qu'allait bientôt interrompre une édition spéciale, j'entendais résonner, claire, perçante, une voix solitaire qui hurlait *Oh my God !* Sans cesser de marcher l'homme devant nous en a hélé un autre qui courait en sens inverse puis il a continué, tout droit : c'était bien ça, c'était à Mahane Yehuda.

À l'entrée de Jaffa Road, tout paraissait *normal.* Simplement, l'allée centrale du marché était vide, les pyramides de fruits et de légumes éboulées parmi les débris de verre. La police avait déjà tendu une barrière de sécurité. Avec de grands gestes calmes, des sauveteurs passaient des couvertures de laine grise sur les épaules des vendeurs et on les voyait s'éloigner, enlacés, chancelants. C'était de l'autre côté, près de chez moi, près du café, l'odeur atroce de chair brûlée, les brancards, et sous les couvertures tachées de brun on ne savait quoi, des tas, des bossellements, membres épars, chimères de chair, que les religieux de Zaka dans leurs gilets fluo s'efforçaient de rassembler à genoux tout en murmurant des prières, glissaient comme des poissons rouges dans des sacs en plastique tout en cherchant les mots qui rendraient forme au chaos, demêleraient fil à fil meurtrier et victimes, retiendraient l'âme partie avec le sang. Nous tenions ferme Lily, Joseph et moi, chacun par une main, Lily dont les yeux fous s'échappaient, cherchaient sur les brancards une mèche de cheveux roux. On nous a fait reculer, et puis je ne sais plus quand nos mères sont arrivées, nous ont ramenés à la maison, et encore après le téléphone a sonné et le nom de Benjamin, disait Yehudith, figurait sur la liste des victimes.

J'étais là, le lendemain soir, seule sur le trottoir, à l'heure exacte où ça avait explosé, et tout à coup j'ai su que je ne pouvais pas rentrer chez moi. Un bus passait, j'y suis montée. Je vais voir Lily, me suis-je dit, peut-être parce que le chauffeur me regardait d'un air bizarre, ou bien Benjamin à l'hôpital. Le bus était presque vide. Juste derrière le conducteur, une très jeune mère, au visage ombré par un chapeau cloche, vêtue d'un corsage de dentelles jaunies haut fermé sous le menton, tenait dans ses bras un nourrisson emmailloté de linges blancs ; de l'autre côté de la travée, serré contre la vitre, à moitié dissimulé par une grosse femme parée d'un châle orange et de bijoux de bronze, un casque de cheveux roux encadrant son visage dur et livide d'idole où deux traits circonflexes de crayon bleu figuraient des sourcils, se tenait un haredi. Ses yeux révulsés d'aveugle, voilés d'une taie laiteuse, m'ont fixée sans me voir, tandis que la jeune mère au regard cerné d'ombre, la grosse femme aux pupilles vertes que ne frangeait aucun cil, scrutaient avec insistance mon sac et mes mains. Moi-même, allant vers le fond du bus, passant devant le vieil Arabe qui y était assis, seul, et le dos très droit, je n'ai pu me retenir de fixer ses mains, qu'il tenait étrangement retournées, paumes ouvertes sur ses genoux, abandonnées, offertes, et comme tranchées au-dessus du poignet par les manches trop courtes d'un veston élimé.

La jeune femme est descendue à Mea Shearim. Devant l'arrêt, où personne n'attendait, un religieux sortait d'un taxi sur la portière arrière duquel, quand il l'a refermée, j'ai vu s'inscrire en chiffres noirs soulignés de rouge : **1.9.4.2**. La nuit tombait, la nuit rapide d'hiver, et à mesure que nous descendions Jaffa Road, de plus en plus vite, sans marquer les stations, les lumières des boutiques, des cafés s'éteignaient, comme soufflées une à une, tandis qu'au-dessus de nos têtes des néons grésillants projetaient une lueur verdâtre et clapotante d'aquarium. De rares passants remontaient la rue dans l'autre sens, épaules rentrées, tête baissée, luttant contre le vent qui, d'un coup, s'était levé et faisait voler dans leur sillage leurs longues écharpes et leurs manteaux effrangés. Sur le trottoir se dressaient encore quelques étals, tas de chaussures et de vêtements empilés en désordre, qui tous paraissaient usés comme s'ils avaient été longtemps portés puis jetés à la hâte. Nous avons longé Mahane Yehuda. Devant l'entrée latérale, béante, dévastée, tranchant sur son noir d'encre, flottaient les longs rubans orange des barrières de sécurité. Plus bas, de l'autre côté du trottoir, dans l'échoppe violemment éclairée d'un barbier, un homme enveloppé d'un drap blanc offrait son cou à une lame étincelante.

La Vieille Ville, soudain, s'est dressée devant nous, silencieuse et placide. Par-delà les coupoles et les tours, dans le grand ciel vide lavé par le vent, un croissant de lune brillait, net et parfait comme un arc tendu. Le bus s'est arrêté devant la porte de Jaffa. Le vieux haredi est descendu, et à sa suite la grosse femme, les bras encombrés d'un paquet oblong presque aussi grand qu'elle et que je n'avais d'abord pas remarqué. Sur le papier Kraft qui l'emballait, un jeu compliqué de ficelles dessinait vaguement une forme humaine. *Jaffa Gate* a répété le chauffeur à mon intention. Mais j'ai fait non de la tête, je n'ai pas bougé. J'aurais voulu les suivre, pourtant, le vieux haredi appuyé sur sa canne et la femme qui s'éloignait en serrant fort sa silhouette de papier, son châle orange drapé autour d'elle comme pour la protéger du vent et de la nuit. Le Mur n'était pas loin, dont les pierres moussues devaient luire sous la lune, et il me semblait entendre, douces et plaintives, les bribes d'un chant. Mais quelque chose me retenait, me clouait là, dans ce bus qui roulait trop vite à grands cahots de ferraille, seule avec le vieil Arabe dont les mains s'étaient jointes comme pour une prière. La ville qui défilait derrière les vitres sales comme à travers un voile de cendres m'était inconnue. Un instant j'ai cru reconnaître Jaffa Road dans la rue où nous nous étions engouffrés. C'étaient les mêmes échoppes de coiffeurs et de barbiers, les mêmes magasins de chaussures et de vêtements bon marché. Mais une foule dense y circulait, dans une agitation fiévreuse et gaie. Le vent, semblait-il, était tombé, aucun souffle n'agitait les drapeaux multicolores qui pavoisaient les devantures, et des hommes en bras de chemise poussaient des charrettes où fruits et légumes formaient des pyramides rigoureuses dont les couleurs alternées paraissaient obéir à un code. Sur le trottoir, des enfants court vêtus contemplaient dans les vitrines des montres à l'effigie de Mickey Mouse, des barrettes multicolores, des livres d'images et des Kalachnikov en plastique tandis qu'à côté les mères déployaient des étoffes. Sous l'auvent d'un fleuriste, un adolescent très brun, qui portait une veste de smoking blanche et un pantalon élimé, vaporisait de l'eau sur des bouquets de roses et d'œillets. Il s'est retourné à notre passage et, dans un grand éclat de rire, il a projeté contre la vitre une gerbe de gouttes étincelantes. Un peu plus loin s'ouvrait une immense confiserie, la même, exactement, que celle qui jouxtait le café de Mahane Yehuda, et j'ai reconnu, fumant nonchalamment sur le pas de la porte, le même marchand au tablier rouge et au crâne rasé.

La chaleur dans le bus devenait suffocante. À mesure que nous avancions, les magasins se faisaient plus rares, la rue moins éclairée. Le chauffeur a freiné brusquement devant une station d'essence. Une fille est montée, à peu près de mon âge. Elle portait un voile bleu sur un large manteau marron et tenait à la main des livres de classe. Le vieil Arabe est descendu. Le bus est reparti à son allure infernale et la fille a chancelé puis, d'un mouvement gracieux comme un pas de danse, s'est retenue à la barre. Elle s'est assise à la place du vieil Arabe. Je voyais devant moi son dos mince et très droit, je guettais le geste par lequel sa main glisserait vers le détonateur dissimulé dans sa manche, je songeais c'est elle, c'est elle que j'attendais, que je guettais de rue en rue, c'est pour elle que je suis restée, à elle que la peur m'a vrillée et bientôt nous en serons l'une et l'autre délivrées. Aux immeubles bas, aux chaussées mal pavées succédaient de larges avenues bordées de grilles et de tours de béton. Peut-être avions-nous de nouveau passé la frontière. Tout à coup, à un carrefour, la lueur imprécise d'un réverbère nimbant sa silhouette menue habillée d'une cape d'astrakan et d'un curieux petit chapeau fleuri, j'ai vu Perla. Elle m'a adressé un signe de sa main gantée et à ce moment précis la fille est descendue. Après, je ne sais plus. Je me souviens d'un hangar très éclairé où les bus marqués de l'étoile de David étaient serrés flanc contre flanc comme des bêtes au bercail, du chauffeur qui m'a fait boire un thé très chaud et très sucré en attendant la police, de la jeune femme en uniforme qui m'a ramenée à ma mère et lui a conseillé d'appeler sans tarder un médecin.

Je suis restée longtemps couchée dans le silence. Je ne supportais plus les bruits venus de la rue et dans les appartements voisins la radio la télévision allumées en permanence (dès le matin on guettait, on attendait les chansons idiotes et gaies qui signifieraient que rien de grave n'était arrivé mais derrière elles j'entendais toujours, tenue par ma fièvre, la même note suraiguë, et devant mes yeux dansaient, sans cesse recombinés en sceau d'apocalypse, les sept chiffres du numéro d'urgence). Je voulais l'ombre et le silence et que se taise enfin le chant des violents. Parfois je me levais, je m'assurais que tout était fermé. Je tirais plus fort les rideaux, tendais les draps sur les miroirs. Puis je m'allongeais, les yeux clos, et, très doucement, je me disais *je tiens mon âme en paix et en silence comme un petit enfant près de sa mère.* Je ne parlais pas. Je n'écrivais plus. Dans la nuit, les petits matins maudits, les cauchemars revenaient : une forme noire, drapée de longs voiles, volant dans le ciel de New York vers des tours haut dressées, sur l'étal d'un marché des confiseries multicolores qui, dès que je les touchais, se transformaient en restes humains, mèches de cheveux roux poisseuses de sang, lambeaux de chair, sur un trottoir ceint de hauts murs, violemment éclairé par des projecteurs, Perla, coiffée de son petit bibi, tenant à la main une valise de cuir bouilli marquée à mon nom, courant à perdre haleine, poursuivie par un jeune homme brun et rieur, vêtu d'un smoking blanc, qui braquait sur elle un lance-flammes, dans une rue du ghetto de Varsovie, la femme aux cheveux orange serrant contre son sein sa silhouette emmaillotée de papier et hurlant en silence. J'ouvrais les yeux et je voyais ma mère assise à mon chevet. J'avais trois, quatre ans, je ne savais plus où j'étais, je reconnaissais des gestes anciens, sa main fraîche sur mon front et son chant de conjuration : Chabriri, Briri, Riri, Iri, Ri, murmurait-elle, et la peur diminue en même temps que le nom du démon.

Un jour, ouvrant les yeux, j'ai vu Yehudith et Lily près de mon lit. Je me suis levée en sursaut, j'ai pensé qu'elles venaient me chercher pour la kevoura de Benjamin. Non, m'a dit Yehudith, recouche-toi, voilà plusieurs jours déjà qu'il repose. Ses parents étaient arrivés des États-Unis pour les rejoindre, sa sœur et lui (c'était elle, la jeune fille au bras de laquelle Lily l'avait croisé). Ils avaient choisi de le laisser ici. Nous irons le voir ensemble, je te le promets, disait Yehudith, mais c'est sur toi, à présent, qu'il te faut veiller. Lily me tenait par la main et ne disait rien. Ses cheveux roux luisaient un peu dans la pénombre. À un moment elle est allée vers la fenêtre, elle a ouvert les rideaux d'un geste brusque, et je l'ai vue pâle, éteinte, dans la grande lumière de l'après-midi. Derrière elle, les arbres nus du square dressaient des branches de charbon. Un oiseau a traversé le rectangle de jour, les ailes repliées, comme s'il tombait. J'ai demandé à Lily de refermer les rideaux.

Après leur départ, j'ai quitté ma chambre. J'ai pris un bain. Je suis restée longtemps dans l'eau à regarder les contours de mon corps se flouter, s'alléger, mes doigts se couvrir de rides comme ceux d'un nouveau-né. J'ai dénoué mes cheveux et mis des vêtements blancs. J'ai recommencé à circuler dans l'appartement. Je n'avais plus peur d'ouvrir les portes. Je passais des heures assise sur une petite chaise à manier des galets que ma mère avait ramassés pour les faire peindre par ses écoliers, à les disposer en figures géométriques comme je le faisais, enfant, avec les carreaux de faïence d'Aron. Elle s'occupait de moi comme jamais, je crois, elle ne l'avait fait. Le soir, de retour du travail, elle me préparait des tisanes, des salades assaisonnées de menthe, de cumin, de sésame : un remède de Perla, disait-elle en souriant mais avec l'air d'y croire tout de même, des épices souveraines contre les mauvais esprits. Elle ne se disputait même plus avec mon père. Je les entendais chuchoter au téléphone. Je ne parlais à personne, il était bien obligé de passer par elle pour avoir de mes nouvelles. Il m'écrivait des lettres auxquelles je ne répondais pas, pleines d'anecdotes et de *small talk* qui m'exaspéraient. À force, il s'est même mis à raconter des blagues juives (« quand ta mère m'écrit, disait-il, c'est comme dans la blague de ton grand-père *Start worrying. Details to follow*, alors je préférerais que tu le fasses toi-même »). À chaque fois, en post-scriptum, il ajoutait que je pouvais rentrer quand je voulais, qu'il m'attendait.

Un matin, j'ai entendu les sirènes. Ce n'étaient pas les mêmes qu'après l'attentat. Leur son était grave et lent, des cornes de brume dans lesquelles on aurait soufflé très doucement, et au-dessus, plus aiguës, fragiles, comme les notes d'un violon en train de s'accorder. Pour la première fois depuis longtemps j'ai ouvert la fenêtre. Dehors, tout était arrêté. Les voitures stationnaient en file, leur conducteur debout, à côté, mains jointes, tête baissée. Juste devant elles, au milieu de la chaussée, une femme avec un landau. Un peu plus loin, vers le marché, une charrette lourdement chargée, ses roues avant sur le trottoir, les autres retenues au-dessus du vide par un garçon très maigre, lui aussi parfaitement immobile, les jambes arc-boutées, les bras raidis par l'effort, mais le visage légèrement incliné sur l'épaule et levé vers le ciel. Les sirènes continuaient de résonner, plus amples, plus profondes, et c'était à mesure comme si l'envoûtement gagnait les feuilles mortes du square, les nuages, l'air lui-même qu'il me semblait voir dressé, compact, comme une vague gelée, les vivants au milieu saisis, souffle et sang gagnés par le givre. Penchée par la fenêtre, je me retenais de respirer et pourtant quelque chose s'ouvrait en moi sous l'effet de ce chant, *un lieu spacieux où rien ne gêne*, un royaume de cendres où glissaient, furtives, diaphanes, les silhouettes photographiées sur les murs des maisons du quartier. Je les voyais s'en détacher et flotter librement parmi les vivants immobiles, les pères en canotier et la jeune mariée avec son voile de dentelles, les fillettes en robe blanche et la rieuse Sarah et tous les autres aussi, le peuple innombrable, autant que la poussière, autant que les étoiles, convoqué par le chant des sirènes, massé en cortège sur les trottoirs, sous les arbres du square, hasardant parfois un geste en direction de ceux qui se tenaient là pétrifiés, une main tendue vers une épaule, un doigt vers des lèvres, comme si, par une sorte d'échange, de sacrifice consenti, ces ombres calmes retrouvaient le mouvement des vivants.

Et puis, d'un coup, les sirènes se sont tues. La femme au landau a traversé la rue, les voitures ont démarré, l'homme a poussé sa charrette sur le trottoir. J'ai refermé la fenêtre et tiré les rideaux. Pourtant, ce matin-là, celui de Yom HaShoah, j'ai compris que j'étais reliée à tous ceux qui se tenaient dans la rue, rigides et droits comme des stèles, et à tous les autres, nombreux autant que les étoiles, dispersés autant que la poussière, qui au même moment s'étaient arrêtés, dressés debout sur les routes de Galilée, les marchés de Haïfa, immobiles dans les vagues de Tel-Aviv comme les corps portés par l'eau de plomb de la mer Morte, tous devenus stèles ou statues de sel, tous ceux-là qui, un instant, avaient laissé leurs morts remonter en eux, leur avaient abandonné une place vierge où affluer, s'étaient métamorphosés en signes ardents du souvenir. J'ai compris alors que je n'étais pas seule, que par-delà celui de Benjamin ils portaient avec moi tous les deuils, nous n'étions pas morts, oh non, ni même *descendus vivants au shéol*, nous étions bien vivants, et vivants il nous fallait le rester pour porter très haut la mémoire de nos morts, solidement plantés dans cette terre comme autant de pierres, comme un arbre bruissant de tous leurs noms, car tous, et même les adolescents narquois du lycée, et même les nouveau-nés braillards, nous n'étions rien d'autre que des monuments de souffle et de nerfs.

Ce soir-là, le soir de Yom HaShoah, j'étais dans le salon en train d'allumer des bougies quand ma mère est rentrée. Elle ne m'a pas embrassée. Elle est restée près de la porte, sans enlever son foulard ni son manteau, elle m'a regardée, et soudain elle s'est précipitée vers moi, elle m'a saisie par la main en criant Arrête, on dirait Perla ! J'ai quitté la pièce. J'ai fait couler un bain. Je lui en voulais violemment. J'étais plus habituée à ses cris qu'à sa douceur des derniers temps, mais le nom de Perla, elle n'avait pas le droit de le mêler à la colère. Elle ne l'avait jamais prononcé sur ce ton. Ce nom dans sa bouche, comme celui d'Aron, avait toujours été sacré. Elle m'avait raconté le bonheur qu'elle avait eu, enfant, à l'entendre pour la première fois : je vais me marier, lui avait dit son père, elle s'appelle Perla. Et tout de suite elle avait eu la vision d'une créature minuscule et nacrée, d'un trésor fragile rapporté du fond des flots. La nuit dans son lit elle s'était répété ce prénom, Per-la, les lèvres arrondies autour du P comme pour souffler une bulle de savon, puis le petit claquement du L qui la faisait éclater, et le lendemain, encore, à l'école, elle avait dit à ses amies ce nom précieux et irisé. Le samedi suivant, chez Katz, elle avait rencontré la femme qui le portait, et qui lui ressemblait, menue et pâle, avec des yeux bleus presque transparents et, sous un petit chapeau noir, de très légers cheveux blonds. Elle se souvenait de son anglais hésitant, de son accent, plus marqué que celui d'Aron, des mots qui roulaient dans sa bouche comme des galets humides, et de cette langue étrange dans laquelle son père lui parlait. Cette langue l'excluait, mais du haut de ses dix ans elle sentait aussi qu'à travers elle c'était son histoire qui se racontait et que, plus que des baisers ou des mots d'amour, le yiddish tissait entre Perla et son père un lien solennel (plus tard elle penserait « sacré ») qui la tiendrait, elle aussi, fermement serrée. Elle avait dix ans, et elle trouvait une mère. Pas une photo, pas un fantôme, une empreinte floue dans les pupilles d'un bébé, mais une femme vivante, même si, à force de douceur, de pâleur, elle paraissait presque désincarnée. Perla refusait qu'elle l'appelle Maman, elle l'appelait donc, comme Aron, par son prénom. Et Perla répondait. Hannah l'appelait d'un bout à l'autre de l'appartement, laissait les deux syllabes suspendues, pour rien, pour voir, et Perla accourait. Parfois aussi elle venait sans qu'elle l'ait appelée : Hannah la voyait à la fenêtre quand elle jouait dans la rue avec ses amies, à la porte de la salle de bains quand elle prenait une douche, penchée sur son lit la nuit. Et à ses questions – tu vivais où avant, pourquoi tu ne veux pas un autre enfant, c'est quoi ce numéro sur ton bras – Perla ne répondait pas. Elle lui avait dit seulement qu'elle était née en Pologne, comme ses parents, mais dans une autre ville, à Lodz. Les noms de Ravensbrück et de Bergen-Belsen, c'est plus tard qu'Hannah a appris à les distinguer dans la musique opaque du yiddish et du polonais. Elle a vite compris que ces noms étaient ceux des silences de Perla et du secret qui l'unissait à Aron.

Allongée dans mon bain, flottant dans l'eau tiède, j'entendais ma mère pleurer dans sa chambre et je me souvenais d'une conversation que j'avais surprise, enfant, entre elle et l'une de ses amies : elle lui disait que Perla, Perla qu'elle avait d'abord accueillie comme un don inespéré, comme le gage de la normalité, de la banalité, avait creusé en elle la folie. Que cette folie, elle n'avait rien fait d'autre ensuite que tenter, en la transformant en savoir, en archives, en chiffres et en dates, de lui échapper, mais que toujours, par-delà les livres et les mots, un vide s'ouvrait, qui était le point même de son silence et où elle basculait. Ce silence, Perla l'a gardé jusqu'au bout. Ainsi, ma mère n'a jamais su pourquoi Aron et elle n'avaient pas eu d'enfant. Un jour où je lui posais à mon tour la question (j'étais petite encore, je ne comprenais pas pourquoi je n'avais pas de cousins, je ne savais rien non plus de l'autre Sarah et de son bébé), je l'ai vue se raidir, les lèvres serrées, son visage mat et plein, si différent de celui de Perla, aussi pâle soudain que le sien. Mon père s'est empressé de répondre mais c'est parce qu'ils n'en voulaient pas, ils étaient heureux tous les trois comme ça. Alors ma mère a explosé ils étaient heureux tous les trois mais comment peux-tu dire une chose pareille tu n'as jamais entendu parler des stérilisations forcées à Ravensbrück tu ne t'es jamais demandé pourquoi son ventre était rongé par un cancer et qui te dit qu'elle n'a pas été violée par des nazis qu'elle ne s'est pas fait avorter dans le camp avec des ça suffit hurlait mon père arrête de parler de ces horreurs devant les enfants après tout tu n'en sais rien elle ne t'a jamais rien dit il n'y a que toi vraiment hurlait ma mère pour croire que quand on ne sait pas c'est qu'il n'y a rien à savoir c'est bien les goys stop hurlait mon père après tout tu as fait trois fausses couches avant David et tu n'as pas été déportée – bon, a dit David en se levant de table et en me prenant par la main, ça va comme ça je crois que Sarah n'en demandait pas tant.

Je me souvenais de cette scène, mais il y en a eu tant d'autres. Mon père aussi, elle l'a épousé pour échapper à la folie. Cela, c'est elle qui me l'a dit. Elle m'a raconté comment, le jour où elle lui a annoncé son mariage, elle a vu Perla en colère pour la première et la dernière fois de sa vie. Perla qui avait peur des uniformes, des chiens, des éclats de rire, des oiseaux, des goys et des cris, Perla, ce jour-là, dans le petit salon de l'appartement de Brooklyn éclairé à la bougie, a crié Je te l'interdis. Allons, *moja kochana*, a dit Aron en posant sa main sur la sienne, si fine et veinée de bleu. Elle n'a plus rien dit de tout le dîner. Mais quand ma mère s'est levée pour partir, elle l'a raccompagnée à la porte et, la main sur son épaule, juchée sur la pointe des pieds pour atteindre son oreille, elle a chuchoté : Il ne te protégera pas, tu seras malheureuse toute ta vie. Hannah savait ce que cela signifiait. Ce partage-là, toute petite elle l'avait compris sans que personne le lui ait expliqué : le monde se divisait entre ceux qui vous protégeaient et ceux qui vous trahissaient, ceux qui vous cachaient et ceux qui vous dénonçaient, ceux qui mouraient avec vous et ceux qui, de l'autre côté des barbelés, cultivaient leurs champs, sourds, aveugles et muets. Mais, me disait-elle, c'est précisément pour s'en protéger qu'elle avait épousé mon père. Elle était comme le Rasha, l'enfant méchant de la Haggada de Pessah, celui qui demande toujours plus et qui, voulant tout, nie la différence et la séparation. Elle voulait échapper à ce partage, à cette ligne qui fracassait le monde et l'histoire, et qui bien sûr passait aussi au milieu d'elle (et de toi, Sarah Cooper, me disait-elle, tu verras). Or cette frontière, une fois mariée à mon père, elle n'avait cessé de s'y heurter. Il était fou d'elle (il l'est encore, je crois), il la protégeait mais c'était cela, pour quoi elle l'avait choisi, qu'elle ne supportait pas. Chaque jour elle le savait un peu mieux (et son mariage n'avait d'autre sens que de le vérifier) : ils n'habitaient pas le même monde. Et son monde à lui, celui des Licites, des Raisonnables, des Enracinés, elle n'en voulait pas. C'est à la naissance de David que la frontière entre eux deux s'est creusée (ça, c'est mon père qui me l'a raconté) : elle voulait un garçon, me disait mon père, et lui donner le nom de son petit frère. Et quand je lui disais qu'on ne pouvait pas faire porter à cet enfant le nom d'un mort, elle me répondait que tous les noms ont été portés par des morts, que veux-tu, je n'avais plus qu'à me taire. J'ai peut-être eu tort de céder, disait encore mon père, mais ce qui se passait entre ta mère et cet enfant m'échappait complètement. Elle l'avait tellement désiré, cette naissance était tellement inespérée. Et puis je ne savais pas ce qui était normal ou pas. Je me souviens qu'elle ne supportait pas de l'entendre crier. À la maternité déjà les pleurs des autres nouveau-nés la mettaient littéralement hors d'elle-même. Elle me disait qu'elle avait l'impression d'entendre à travers eux toute la détresse humaine, toute son impuissance à la consoler, qu'elle aurait voulu les prendre tous dans ses bras, les mettre tous à son sein. Ton frère, heureusement, était un bébé placide, robuste et gai, bien moins inquiet que toi. Mais au moindre cri elle accourait. Je nous revois dans le petit appartement que nous habitions alors près de chez tes grands-parents, attablés dans le salon tandis que David dormait dans l'unique chambre qu'évidemment nous partagions avec lui. Je cuisinais pour elle, pour qu'elle puisse se reposer, se consacrer au bébé. Mais elle n'a jamais fini un repas. Un simple gémissement et elle blêmissait, toute raide, les yeux écarquillés avant de se ruer vers la chambre. Elle avait toujours peur qu'il ait faim, qu'il ait froid. La nuit, elle se levait pour s'assurer qu'il respirait encore. Je la surprenais penchée sur le berceau, un doigt posé sur l'arc de ses lèvres pour sentir son souffle léger tandis que ses lèvres à elle articulaient des mots muets. Je ne bougeais pas, je faisais semblant de dormir. J'avais l'impression d'assister à une scène de légende, un rite très ancien d'invulnérabilité, d'immortalité, qui me captivait, m'effrayait, et auquel j'étais radicalement étranger. Là où ils se tenaient, l'obscurité était plus dense, et à mesure que les lèvres de ta mère bougeaient, il me semblait la voir s'épaissir, s'immiscer peu à peu dans les plis de sa chemise de nuit, les dentelles blanches du berceau ; dans mon demi-sommeil, il me semblait entendre les syllabes muettes qu'elle articulait, celles de leurs deux prénoms, et de celui que tu portes mais qui, à cette époque, n'était pas encore le tien mais celui d'une morte, et voir aussi, dans la vague de nuit qui montait, ceux que ces noms convoquaient. Bien sûr, de son doigt posé sur ses lèvres, elle tenait ferme l'enfant, elle ne le lâchait pas, et elle-même se retenait à lui, à son souffle léger, mais je savais aussi qu'à travers son visage c'étaient ceux de sa mère, de son frère qu'elle traquait. Elle le baignait dans leurs noms, le plongeait dans leur nuit, comme Achille dans les eaux du Styx, et je ne savais pas si ce qu'elle lui transmettait ainsi c'était sa force ou sa hantise. Ton frère a su marcher très tôt. Il était encore au sein qu'il crapahutait déjà, à quatre pattes dans le salon, s'inventant des trajets compliqués, des parcours d'obstacles, plongeant sous les chaises, escaladant la table basse tout en poussant de grands cris comme un GI à l'entraînement : un vrai petit guerrier, mais avec ses longs cheveux blonds tout le monde le prenait pour une fille. Ta mère refusait de les lui couper, c'était entre nous un nouveau sujet de dispute. Elle a fini par m'avouer qu'elle-même, jusqu'à l'adolescence, avait eu ses cheveux (tu en as hérité, les tiens sont aussi noirs, et épais, et soyeux) jusque sous les hanches, parce que Perla ne supportait pas la vue d'une paire de ciseaux. Un jour, avant sa première rentrée scolaire, j'ai pris ton frère sous le bras et je l'ai emmené chez le coiffeur. En le voyant revenir sans ses boucles blondes, et assez fier, je crois, de son crâne tondu, ta mère a hurlé. Elle ne m'a plus adressé la parole de toute la journée, mais je suis sûr qu'en fait elle était soulagée. C'est après la naissance de ton frère qu'elle a commencé à célébrer les fêtes juives, pas comme elle le fait maintenant, ni comme la famille de Yaël, mais tout de même, enfin, ça, tu le sais mieux que moi. Tu te souviens aussi que tes grands-parents, pardon, je veux dire Perla et Aron, ne le faisaient pas. Un jour où je discutais avec Perla (quoi que raconte ta mère, elle avait fini par m'accepter et nous étions même assez proches tous les deux, les derniers temps, tu t'en souviens), elle m'a dit que Dieu, s'il avait laissé faire cela, ou bien n'existait pas ou bien était mauvais. Après sa mort, ta mère s'est mise à observer plus strictement les rituels et à fréquenter régulièrement la synagogue. Et pendant les quelques mois où il lui a survécu, Aron y allait lui aussi, avec David. Je ne sais pas si Perla aurait approuvé cela, mais c'était, cette petite trahison, une façon pour eux de lui demeurer reliés. Et je crois que ta mère redoutait plus que tout que ne se brise, avec sa disparition, le lien qui la rattachait au destin de ta grand-mère. Toi, je ne me l'explique pas, elle t'a toujours laissée en dehors de tout cela. C'est même moi (tu en as conscience, n'est-ce pas, parce que ta mère, elle, prétend avoir oublié ?) qui ai proposé que tu fasses ta bat-mitzvah. J'étais prêt à tout pour la reconquérir, pour sortir du sale rôle qu'elle me faisait jouer. On n'arrêtait pas de se disputer au sujet de ton frère – non, ne fais pas cette tête, il faut que tu saches tout cela. J'avais peur pour lui, et pour elle aussi. Tu ne t'en souviens pas, tu n'étais pas encore née, mais elle le laissait regarder *Holocaust* à la télévision à l'âge où les autres enfants ont encore peur des sorcières de Walt Disney. Elle disait que c'était un mauvais film, mais qu'il ne fallait pas trop en demander aux Américains, et, assise à côté de lui, elle commentait séquence après séquence, elle rectifiait, elle précisait. Ça me mettait dans des fureurs noires. Mais elle (tu sais comment elle est, dans ces cas-là, de la foudre devenue femme), elle me rétorquait que cette histoire était la sienne, que je n'avais pas le droit de l'en séparer, et que de toute façon David la connaissait de tout temps, l'avait bue avec son lait, sue tout entière avant sa naissance, avant que l'ange ne pose son doigt sur ses lèvres scellées. Que voulais-tu que je réponde à cela ? Et puis ton frère n'était pas du genre à faire des cauchemars. Simplement, à l'âge où les autres enfants jouent aux cow-boys et aux Indiens, il jouait à l'insurrection du ghetto de Varsovie ou au siège de Jérusalem avec ses copains de l'Hashomer Hatzair. Il ne vivait que pour ses vacances au Shomria Camp. Il nous racontait les parties de pêche et de baignade, les veillées autour du feu, les matchs de basket sur un terrain où était tracée la carte d'Israël et comment une nuit les types du Betar s'étaient introduits dans le camp pour y ajouter Gaza et la Cisjordanie (à l'époque, il ne disait pas encore la Judée-Samarie). Il en rentrait tellement heureux, tu te souviens, les yeux brillants, bronzé, grandi, j'étais presque jaloux de lui, je regrettais presque de n'avoir pas connu ça à son âge, ce lien, cette communauté, cette force que donne la certitude de l'appartenance. Quand ta mère me disait, triomphante, que c'était la meilleure chose que nous puissions faire pour lui, j'étais bien obligé de reconnaître qu'elle avait raison. Pourtant je me doutais de ce qui suivrait, les séjours dans les kibboutzim à l'adolescence, et le moment où il voudrait jouer à la guerre pour de vrai, retracer la carte d'Israël autrement qu'à coups de dribble et de lancer-franc. Dire qu'il a fallu que ça tombe pendant la première Intifada. Tu imagines ce que cela signifiait pour quelqu'un qui, comme moi, a été jeune pendant la guerre du Vietnam, qui a milité contre l'apartheid et la colonisation ? Bon, enfin, inutile de revenir sur tout cela. Mais quand j'y pense, je suis stupéfait par la perfection quasi géométrique de la trajectoire de ton frère (tu vois, j'hésite même à dire mon fils). Non, je ne dis pas que ta mère l'a programmé, ne déforme pas mes propos, d'une certaine façon, je ne connais personne d'aussi libre que lui, c'est plutôt comme s'il avait mieux qu'elle percé son désir, porté son histoire, comme s'il avait su transformer les cendres en or, l'entrave en victoire.

Je n'ai rien répondu à mon père ce jour-là, où, pour la première fois depuis le divorce, nous dînions en tête-à-tête. C'était comme si ce qu'il disait ne me concernait pas, comme s'il n'y avait rien à entendre dans tout cela que sa solitude, son désarroi. Pourtant je m'en souvenais avec une netteté qui soudain m'étonnait. Une phrase, surtout, une phrase prononcée au passage, ne m'avait pas quittée : « elle t'a toujours laissée en dehors de tout cela ». Allongée dans mon bain, flottant dans l'eau tiède, j'entendais en contrepoint celle que ma mère venait de crier : « Arrête, on dirait Perla » et c'était tout à coup comme si le lien qui m'attachait à eux se dénouait, se dissolvait. Rien de ce qu'ils diraient désormais ne pourrait plus m'atteindre, j'oublierais tout mais avec la même force je me souviendrais, malgré eux, sans eux, je porterais plus haut qu'eux tous la mémoire et la fidélité. Oui, bien sûr, je faisais comme Perla, c'est elle qui par ma main allumait les bougies, elle qui par mes yeux avait peur des oiseaux, elle qui à travers moi fuyait les conversations anodines, redoutait les camions de déménagement et les tas de vêtements, c'était sa mémoire infiltrée dans la mienne, court-circuitant celle de mes parents, et avec la sienne celle de l'autre Sarah dont je portais le nom et l'empreinte des traits, toutes deux m'avaient élue, moi la cadette, la tard venue, la pas vraiment désirée, née d'une femme trop âgée pour enfanter, j'étais l'enfant que l'une n'avait pas eu, que l'autre avait perdu. J'étais née de leur peur, de leurs cris, de leur ventre avorté, brodée au fond de la terre où elles reposaient, mais j'étais aussi la marque au fer rouge de leur beauté, le signe clair de leur survie.

L'image m'est revenue soudain de cette fille que j'avais vue devant le Mur, peu après mon arrivée ici, le visage enfoui dans les Tehilim, et des autres aussi, croisés dans la Vieille Ville, femmes aux chapeaux cloches et hommes vêtus de noir, que je regardais alors comme des étrangers, comme les ombres projetées d'un autre monde. Ils m'étaient proches désormais, familiers, je pouvais les sentir, leur parler, les toucher. C'est qu'à présent je comprenais : ils n'étaient pas morts, ils étaient leurs morts. Ce n'étaient pas eux qui avaient passé la frontière, c'étaient leurs morts qui étaient passés en eux, ces femmes aux longues jupes et aux cheveux voilés, ces hommes aux manteaux épais et aux lourds souliers que l'on voyait, dans les films d'archives projetés à Yad Vashem, aller et venir sous la neige silencieuse d'un shtetl, leurs gestes ralentis, leur sourire, leur regard, qui parfois croisait la caméra, presque effacés, lumière vacillante venue d'étoiles mortes, exténuée par la traversée de sombres boyaux de temps, ces hommes et ces femmes, ces ombres épuisées, ceux de la Vieille Ville leur donnaient chair et sang, voix et nerfs, ils les abritaient, les hébergeaient, les menaient, bien au chaud sous leur peau, à travers les rues blanches, leur apprenaient la douceur du soleil et le parfum des fruits, et ainsi ils n'avaient plus besoin de se souvenir, plus besoin d'opposer à l'oubli des mémoriaux et des archives, car ils avaient trouvé le secret, aboli la distance et le temps, rendu les morts à la présence.

Après, la peur a commencé à se dissiper. Quelque chose l'a remplacée que je ne suis pas sûre d'avoir le courage de nommer. Je redevenais capable d'ouvrir les journaux, d'écouter la radio. On ne parlait plus de l'attentat. En tout cas plus de celui-là. Il y en avait eu deux autres depuis, à Haïfa et au Moshav Hamra. On disait qu'avec les bombes à chaque fois la joie explosait dans les territoires. À l'université al-Najah de Naplouse, des étudiants avaient monté une exposition sur l'attentat de la pizzeria Sbarro : on pénétrait, en foulant aux pieds les drapeaux israélien et américain, sous une enseigne portant en hébreu la mention KOSHER, dans une salle aux murs éclaboussés de sang, jonchée de tranches de pizza et de morceaux de plastique déchiquetés figurant des restes humains – jambes arrachées, ventres éviscérés, mains coupées et rigides, recroquevillées comme des serres. On pouvait aussi contempler un portrait du kamikaze, tenant d'une main le Coran, de l'autre une Kalachnikov, et l'effigie en carton d'un haredi, dissimulée derrière un rocher d'où sortait une voix préenregistrée qui répétait en boucle : « Ô croyant ! Il y a un Juif derrière moi, viens et tue-le ! » L'exposition avait du succès, on y allait en famille, comme dans un parc d'attraction, les enfants pouvaient même se faire photographier à côté du terroriste et s'initier à la fabrication des explosifs. Lisant cela, je me souvenais de choses entendues à la table de David, les cris de victoire des journalistes arabes après le 9.11, celui-là qui écrivait que, quand les tours s'étaient effondrées, il avait eu l'impression d'être extirpé du fond d'une tombe, de respirer enfin à pleins poumons, cet autre qui, dans un grand quotidien saoudien, décrivait en détail la façon dont les gâteaux de Pourim étaient préparés avec le sang, recueilli goutte à goutte par des rabbins, d'enfants chrétiens et musulmans mis à la torture sur les lits d'aiguilles, cette parade organisée à Ramallah où un singe avait défilé dans les rues, avec sur les épaules un châle de prières, sur le front une croix gammée, etc. À l'époque (c'était il y a quelques mois, à mon arrivée, et pourtant comme une éternité), je n'y croyais pas. Ce n'est pas que je soupçonnais David et les autres d'exagérer ou d'inventer, mais plutôt que je ne pouvais pas entendre ça. J'avais besoin de penser à toute force que ça ne me concernait pas, que ça se passait dans un autre espace, un autre temps. J'écoutais de loin et ça s'imprimait ailleurs, dans ma chambre noire, mon cabinet des horreurs, avec d'autres visions, d'autres cauchemars, le reste de mon histoire. Et voilà que cela aussi me devenait présent, du présent insoutenable de la répétition. Mon père avait raison : c'était la guerre. Mais comme d'habitude il ne comprenait pas : ce n'était pas une guerre ordinaire. Ils voulaient notre mort plus encore que nos terres. Ce n'est pas qu'ils ne voulaient pas vivre avec nous : c'est qu'ils ne voulaient pas de nous vivants. Ressusciter notre enfer, voilà ce qu'ils cherchaient, nous coucher nus sur le lit d'aiguilles du passé, pincer, avec une précision chirurgicale, les nerfs à vif de notre mémoire. Notre histoire était faite de cela, de cycles successifs d'expulsions et d'exterminations, de cercles concentriques de haine, toujours plus larges et plus impeccablement clos. Et voilà que ces cercles, nous les avions brisés, qu'avec notre terre nous avions retrouvé un temps qui n'était plus celui du recommencement, de l'éternel retour de la peur et de la persécution. Ces frontières fragiles et elles-mêmes encerclées, qui dessinaient sur la carte le V de la Victoire, nous ramenaient à un autre passé, de promesse et d'alliance, et à l'avenir qu'il ouvrait. Je comprenais à présent pourquoi le père de Yaël nommait ligne d'Auschwitz la ligne verte, je l'éprouvais au plus profond de ma chair : tout ce qui menaçait notre terre nous enfermait dans le cercle clos de ce passé récent, contractait nos corps comme peaux de chagrin – tatouées, décharnées, entassées, asphyxiées. Voilà ce qu'ils voulaient : que nous ne puissions nous éprouver juifs en dehors de la persécution. Que nous demeurions à jamais les Interdits, les errants, les bannis, ceux dont la haine et le sacrifice fondaient leur communauté. Car (et ils nous haïssaient plus encore de cela) ils avaient besoin de nous pour exister, c'est de nous qu'ils tenaient ce qu'ils nous refusaient. À me laisser gagner par la peur, je leur avais déjà trop donné. J'allais redevenir normale, voilà ce que je me disais, rouvrir portes et fenêtres, aller au lycée, au restaurant, au marché – normale et même banale, tel était mon projet, insouciante et futile, légère, délestée, j'allais semer mes jours de petits riens, de désirs et de mots anodins. Après tout, à dix-sept ans, j'étais trop jeune pour les souvenirs, et je me disais que c'était cela, pour nous tous, le signe de l'élection : survivre à l'exception. Je ne m'y laisserais plus prendre, je n'aurais plus ni peur, ni chagrin, ni pitié, je ne me ferais plus fracasser par le milieu. Je comprenais à présent les silences, les yeux détournés, de ce jour au cours d'hébreu où j'avais lu mon texte misérable sur l'Arabe de la porte de Damas : moi aussi j'allais me taire et détourner les yeux, passer mon chemin, rallier les Indifférents. Car autant que par la mémoire, ils savaient trop bien, ceux d'en face, nous prendre par les sentiments, ils nous savaient prompts à nous identifier à tous les souffrants, à tous les humiliés. Mais ce qu'ils ne savaient pas, c'est que nos larmes et notre pitié, nous les avions épuisées, que pour avoir subi la plus grande violence, toute autre nous paraissait négligeable, qu'il était juste, finalement, qu'à notre tour nous ayons en partage l'injustice et la haine, voilà, ça y est, je l'ai dit.

Quelques jours plus tard, alors que la nuit tombait déjà, Lily est revenue, sans Yehudith cette fois. Quand je l'ai vue sur le palier, les joues rosies par le vent, ses cheveux roux coiffés d'un béret bleu turquoise qui faisait pétiller ses yeux, j'ai senti à quel point elle me manquait. Elle m'a serrée dans ses bras eh bien, ça fait plaisir de te voir debout, mais tu devrais manger un peu plus, bientôt on ne te verra plus, et elle a sorti une carte de la poche de son manteau. Au dos, Madame Gonen avait écrit Reviens-nous vite, nous t'attendons, et autour la classe entière avait signé. Quand j'ai retourné la carte, j'ai vu, sur une stèle de marbre brut, deux mains, très nettement découpées au-dessus du poignet, reposant l'une à côté de l'autre paumes ouvertes, souples, déliées, offertes : je les ai aussitôt reconnues, c'était la reproduction d'une sculpture de Louise Bourgeois exposée au Brooklyn Museum. Mes parents m'avaient raconté que la première fois qu'ils m'y avaient emmenée – je savais à peine parler – dès que je l'avais aperçue, j'avais lâché leurs mains et couru vers elle. Ils m'avaient rattrapée au vol, mais je ne voulais pas toucher, juste regarder. Comment savais-tu ? ai-je balbutié – oh, je n'y suis pour rien, a répondu Lily, c'est Joseph, d'ailleurs, tiens, j'ai autre chose pour toi. Et elle m'a tendu une enveloppe cachetée. Je l'ai glissée dans ma poche, l'air de rien, et je suis allée dans la cuisine nous préparer un thé à la menthe. Nous nous sommes assises par terre, dans ma chambre, Lily a sorti de son sac à dos du halva et des dattes, c'est parfait a-t-elle dit, il nous manque juste un peu de musique, et elle a fouillé dans mes CD jusqu'à ce qu'elle trouve du Leonard Cohen. Puis elle s'est rassise à côté de moi, et a allumé l'une de ses cigarettes mentholées – tu en veux une, ah non, c'est vrai, moi depuis quelque temps je fume comme une cheminée… Elle s'est interrompue brusquement, a rougi et quand nos yeux se sont croisés nous avons éclaté de rire en même temps, un rire fou, à se rouler par terre, à pleurer. Lily était pliée en deux, la tête sur les genoux, ses cheveux répandus autour d'elle comme un grand voile roux, j'ai enfoui mon visage dans un coussin, et dès que nous nous regardions, ça repartait. La dernière fois que j'avais ri comme ça, c'était avec Rachel, à New York, il y a un siècle. Nous avons fini par nous allonger sur le dos, en sens inverse, j'ai collé mon visage contre le sien, et tiré une bouffée de sa cigarette. Bon, lui ai-je dit un peu calmée, passons aux choses sérieuses, est-ce que Madame Gonen s'habille toujours aussi mal ? Lily d'un coup s'est rembrunie : tu ne devrais pas parler comme ça, je ne voulais pas te le dire, mais l'unité de son fils a été envoyée à Gaza, ça ne va pas très fort, le lycée, en ce moment, je t'assure, on ne s'amuse pas, le frère d'Elias a été blessé pendant une opération dans les Territoires, plus personne ne sort, ou alors au mieux les parents organisent des roulements pour être sûrs de ne pas perdre tous leurs enfants à la fois, tout le monde est sur les nerfs et puis tu n'es plus là, heureusement qu'il y a Joseph – mais toi, lui ai-je demandé, tu ne me parles pas de toi ? Elle a détourné son visage et attrapé une autre cigarette : oh moi, ça va, de toute façon, je n'ai pas le choix, je fais tout comme avant, il faut continuer, simplement je suis fatiguée, je voudrais dormir mille ans ou bien partir très loin, une plage déserte, une mer sans vagues, fermer les yeux et me laisser porter. Elle s'est tue un moment, a écrasé sa cigarette. Leonard Cohen chantait *They sentenced me to twenty years of boredom / For trying to change the system from within / I'm coming now, I'm coming to reward them / First we take Manhattan, then we take Berlin.* Tu sais, a-t-elle continué, c'est étrange, ils m'ont pris Ben, mais je n'ai pas de haine, juste de la fatigue, je voudrais juste la paix et en finir avec cette folie, sortir de ce cercle, ces filles, ces types qui se font exploser et maintenant les nôtres qui torturent dans les prisons et tirent sur des enfants, ça cogne dans ma tête tout le temps, ça m'enferme, c'est comme une seule et même insupportable violence que je n'arrive plus à partager entre les autres et nous, les victimes et les bourreaux, les coupables et les innocents – mais, ai-je dit doucement, rêveusement, presque sans y penser, la question n'est pas là, innocents, ils ne le sont plus, et après tout, nous aussi nous l'étions, ce qui compte, c'est que nous prenions notre revanche, peu importe sur qui. À mesure que je parlais, Lily se redressait, me regardait avec un drôle d'air et des sourcils circonflexes qui la faisaient ressembler à sa mère : oh non, pas toi, Sarah, je t'en prie, j'ai déjà trop à faire à me battre contre moi, je ne veux pas de guerre avec toi. Puis d'un coup elle s'est levée et elle est partie sans m'embrasser.

Je l'ai entendue refermer la porte et dévaler l'escalier. J'ai ouvert l'enveloppe de Joseph. Une lettre s'y trouvait, et une photo sur laquelle on nous voyait, tous les deux, lui et moi, attablés à la terrasse du petit café de Mahane Yehuda, dans la lumière douce filtrée par les verrières, riant du même rire, faisant, lui de la main droite moi de la gauche, le même geste pour nous protéger de l'objectif. À côté, en retrait et bizarrement ombré, on distinguait l'ovale du visage de Lily. Te souviens-tu, Sarah, disait la lettre, de ce jour-là ? Nous oublions que nous avons été heureux, et insouciants, et pourtant, regarde, nous l'étions. C'est Benjamin qui a pris cette photo où nous nous ressemblons comme frère et sœur, tu ne trouves pas ? Nous avons tant ri ce jour-là, tu te souviens ? Ben faisait semblant de nous cadrer tous les trois mais en fait il prenait, en douce, des images de Lily. Cette fois-ci, ça n'a pas marché. C'est sa sœur qui m'a donné cette photo. Elle l'a retrouvée parmi des dizaines de portraits de Lily (ne lui en parle pas, surtout, elle n'est pas encore assez forte pour ça). J'en ai fait faire un double pour toi, j'en ai une autre sur mon bureau. Je la regarde, et ça m'apaise. J'ai beau savoir que celui qui l'a prise n'est plus là, c'est comme un signe qu'il nous ferait, une façon de nous dire continuez à rire, je veux vous voir comme ça depuis le hors cadre où je suis. J'espère que tu as aimé la carte du Brooklyn Museum. Tu m'avais parlé de cette sculpture, un jour, sous le grand cèdre de la cour. Lily m'a dit que tu ne parlais plus, que tu ne voulais voir personne. Je n'ose pas t'appeler ni te rendre visite. Mais je me souviens, tu vois. Et je me dis qu'un jour viendra où nous pourrons de nouveau être ainsi, rieurs, et réunis. Tu ne parles pas, mais peux-tu, veux-tu m'écrire au moins ? Je te le dis, à voix très basse, même pas, je te laisse le lire sur mes lèvres : tu me manques, je pense à toi, je t'embrasse. Joseph.

C'est comme ça que j'ai recommencé à écrire. Je n'ai encore rien envoyé à Joseph. Je recopie des bribes de phrases, des citations des Prophètes et des Psaumes. Sur des petits morceaux de papier, je griffonne des fragments de mots. J'écris *peur*, j'écris *cendres*, j'écris *un adolescent en smoking blanc avec un lance-flammes*, j'écris *Perla*, et *Chabriri Briri Riri Iri Ri*, j'écris *Rasha* et *Yom HaShoah*, et le mot *haine*, aussi. Je sais qu'un jour viendra, un matin de printemps lumineux et léger, où je sortirai de chez moi, glisserai mes bouts de papier dans une fente du Mur ou sous la porte de Joseph. Il les lira et, bribe à bribe, il me recomposera, mes dents brisées avec du gravier et mon corps partagé par le milieu, mes mains coupées aux poignets et ma mémoire comme une terre retournée, tout entière il me saura, et mieux que moi, il trouvera la porte, la clef et la combinaison, la lettre manquante qui change le chaos en ordre, la lumière verte en auréole, celle qui comble les gouffres, rend à la lune sa plénitude et change en lait la haine amère, les cœurs caillés, celle par laquelle le monde peut être, enfin, réparé.

III

Terre et ciel se sont mis à trembler, j'ai pensé en sursaut ça y est les montagnes chancellent et la lune se fend, tout va être enfin terminé. Des lumières sifflantes traversaient la nuit, se brisaient sur mon lit en éclats de métal. Amir s'est réveillé en hurlant, je l'ai pris dans mes bras. J'ai mis mes mains sur ses oreilles pour qu'il n'entende pas les tirs et les cris, et les bruits de bottes qui approchaient. Je ne voulais pas qu'ils me voient dans ma chambre, alors j'ai mis un foulard et mon abaya, j'ai enveloppé Amir dans une couverture et je suis allée dans le salon. Mon père et ma mère étaient déjà là, Youssef aussi, quand les trois soldats ont défoncé la porte à coups de crosse. Le premier a embarqué Youssef en lui tordant les bras dans le dos et en le frappant au ventre pour lui faire baisser les yeux la tête, peut-être aussi, j'ai pensé très vite, parce qu'il avait le même âge et lui ressemblait beaucoup, le deuxième a éventré les coussins, les sacs de farine, de sucre et de riz, il a tout renversé par terre et uriné dessus, puis on l'a entendu dans les chambres s'occuper des matelas des armoires, tandis que le troisième nous tenait en joue. Il avait de longs cils blonds de fille qui battaient à toute vitesse et ses mains tremblaient. Et plus elles tremblaient, plus il criait fort. À un moment il s'est arrêté pour reprendre son souffle alors mon père lui a dit une phrase dans sa langue. Je n'ai pas compris grand-chose, juste les noms de la colonie et de son patron. Le soldat a battu des cils, baissé son Uzi, il est allé chercher son chef. Ils sont revenus ensemble. Ils ont marché vers la porte à reculons, leurs fusils toujours braqués sur nous, et ils nous ont crié, un peu moins fort, dans un arabe d'écolier, en crachant les mots comme si c'étaient des crapauds, de ne pas sortir et de ne pas regarder par la fenêtre. Mais quand ils ont ouvert la porte, j'ai eu le temps de voir les hommes jeunes du camp alignés debout dans la rue les mains sur la tête et les yeux bandés.

Le jour s'est levé plus obscur que la nuit, sale et gris de poussière. Ma mère a préparé du café, avec les gestes de chaque matin. Quand elle a ouvert la fenêtre pour prendre le lait d'Amir qu'elle y tenait au frais, une rafale de mitraillette a éclaté et mon père a juste eu le temps de la tirer en arrière. Amir ne la quittait pas, il sautait pieds nus dans les flaques d'urine et de farine, shootait dans les tas de riz, il disait qu'il voulait faire comme le soldat. Mon père s'est mis en colère. Alors Amir s'est allongé de tout son long sur le tapis, face contre terre, sans parler sans pleurer, son petit corps secoué de tremblements comme une jeune feuille. Je l'ai pris sur mes genoux et je lui ai fait boire de l'eau et manger un peu de pain et de zaatar. Il a fini par s'endormir, d'un sommeil secoué de cris. Il se dressait d'un coup, ouvrait grand des yeux fixes, appelait Youssef et Raed. Avec ma mère, nous avons passé la journée à nettoyer la cuisine et à recoudre les coussins. Dans les chambres, mon père réparait les portes des armoires. Le soldat avait aussi cassé la Kalachnikov en plastique d'Amir, déchiré le drapeau de Palestine de Youssef, jeté par la fenêtre son matelas et mes livres. Je ne sais pas comment il avait réussi à faire tout ça si vite, il devait être entraîné. Parfois, en biais, sans nous faire voir, nous jetions un coup d'œil dehors : les garçons étaient toujours là, de plus en plus nombreux, debout sous le soleil voilé de poussière, les mains sur la tête et les yeux bandés. Il m'a semblé que certains étaient presque nus. Il fallait regarder comme l'éclair, on n'arrivait pas à distinguer Youssef. Parfois, quand une balle frappait et une voix criait, on tendait l'oreille, on se demandait si c'était lui.

Et puis, quand la nuit a commencé à revenir, on a entendu les camions s'éloigner. Aussitôt après, couvrant l'appel à la prière, un haut-parleur a hurlé que nous avions une heure pour sortir avant le couvre-feu. C'est l'odeur d'abord qui m'a suffoquée quand j'ai ouvert les fenêtres la porte, l'odeur de gaz, d'ordures, de chair brûlée. C'était l'odeur de la guerre et ma peau s'en souvenait. Tout de suite elle a commencé à piquer, à tirer comme si on la frottait de l'intérieur avec du piment. Dehors aussi c'était comme avant, ça aussi c'était familier : des ruines ajoutées aux ruines, comme si on pouvait détruire ce qui déjà existe à peine, nos maisons de misère soufflées comme du carton, nos vies des pages blanches déchirées. Nous n'avons qu'un seul droit : ne pas exister. Et tout ce qui nous tient encore à la terre, nos toits de tôle, nos rues de boue, c'est encore trop. On voyait dans les décombres un manche de casserole, un seau en plastique, des jouets cassés et sur des murs encore dressés une affiche, un drapeau, un lambeau de broderie, la marque laissée par les montants d'un lit, les restes tenaces d'un rêve de vie ordinaire. Mais autour le message était clair, je l'entendais siffler dans les cendres et les gravats : si vous voulez la terre, devenez poussière. Allongez-vous, couchez-vous, plats comme des tapis déroulés sous nos pieds. Ne voyez-vous donc pas que debout vous gênez ? Même enfermés vous êtes trop voyants, bâillonnés trop bruyants. Nous vous avons pris vos champs, vos arbres et votre eau, mais ce n'est pas assez. Le ciel sur vos têtes est encore trop grand. Ne comprenez-vous pas que vous n'existez pas ? Vous n'avez ni nom, ni nation, ni histoire ni passé. Cette terre est un désert, ne l'oubliez pas, nul avant nous, nul après nous ne l'a habitée. De ce désert vous êtes le mirage, vous, vos femmes et vos guerriers. Un geste de nos mains et vous disparaissez. Ne voyez-vous pas que vous êtes notre cauchemar ? Qu'attendez-vous pour vous dissiper ?

Des enfants jouaient à côté d'une citerne défoncée, sautaient dans les flaques, s'éclaboussaient avec de grands cris clairs. Je me suis revue au même âge, jouant à la piscine avec Salma et les autres filles. On avait trouvé près de la décharge une bâche de plastique bleu : on l'étendait par terre et, bras tendus au-dessus de la tête, les mains jointes, on plongeait. Ces mots-là, « piscine », « plonger », je les avais appris quand mon père m'avait emmenée avec lui à la colonie. De l'autre côté de la rue, une femme balayait devant sa maison, avec des petits gestes monotones et précis. En fait, il n'y avait plus de maison, rien d'autre que la marche sur laquelle elle se tenait avec son balai, comme une statue entêtée sur sa stèle. C'était la mère d'un ami de Youssef. Je n'ai pas osé lui parler. Elle m'a regardée d'un œil mauvais. Nous, nous avions encore des murs autour de nous. J'ai fait demi-tour, j'en avais vu assez. En chemin je me suis arrêtée chez Salma. Eux aussi avaient encore leurs murs, et même leurs hommes. Son frère aîné est déjà mort depuis longtemps, les deux autres sont en Jordanie, il ne reste qu'Ibrahim et son père, avec ses deux doigts tranchés sur un chantier. Elle savait déjà, pour Youssef. Elle m'a dit que Darine aussi avait été arrêtée, parce que, depuis le bébé du check-point, elle disait à tout le monde qu'elle voulait se venger. Ibrahim sautait partout dans la pièce avec son déguisement de Martyr et son Beretta. Il m'a demandé s'il pouvait venir jouer à la maison. Mais il était tard, la nuit arrivait avec le couvre-feu. La mère de Salma m'a donné du lait, des haricots et des mots de réconfort, je suis rentrée. Au passage, j'ai ramassé mes livres. Sur celui que j'aimais tant quand j'étais enfant, *The Waste Land*, le vieux poète avait les yeux pleins de boue.

Cette première nuit, je n'ai pas dormi. J'imaginais Youssef ligoté sur la petite chaise, asphyxié par la cagoule puante. Dans la chambre voisine, j'entendais ma mère qui pleurait et mon père qui lui parlait comme on prie, monotone, inlassable. Amir s'est réveillé en pleurant, il avait mouillé ses draps. Je l'ai lavé, changé, et couché dans mon lit. Il s'est aussitôt rendormi. J'ai fini, le serrant contre moi, par trouver un sommeil malade. On me faisait entrer dans une cellule violemment éclairée où des dizaines d'hommes étaient assis, côte à côte, sur des chaises d'écolier, les mains attachées derrière la tête et le visage recouvert d'un capuchon noir. Le soldat blond aux cils de fille se tenait derrière l'un d'entre eux. Soudain, battant des cils sur ses yeux blancs, il soulevait le capuchon et je voyais, collé sur ce corps d'homme, le visage d'Amir. Je me suis levée. J'ai décidé de ranger, sans faire de bruit, les livres que j'avais ramassés et empilés sur ma table. Il y en avait un, au-dessus, que Raed m'avait donné il y a longtemps et que je n'avais jamais lu, un livre américain, traduit en arabe, qui s'appelait *Le vieil homme et la mer.* Le soldat avait dû le jeter à la volée, il s'était ouvert en tombant, comme un parachute, en son milieu exactement. Les deux pages centrales étaient toutes froissées et constellées de taches. Je les ai lissées de la main et sous mes doigts j'ai lu *Heureusement qu'on n'est pas obligé de tuer les étoiles.* Je suis allée dans le salon. Tout était étrangement calme. Mon père ne parlait plus, j'entendais son souffle lourd et dans le camp un silence aux aguets, tissé de peur, de prières et d'insomnie, d'yeux grand-ouverts dans des draps défaits, d'attente éperdue de ceux qui ne reviendraient plus. La lune était pleine dans le ciel glacé, mais une brume jaunâtre, de gaz, de cendres et de fumée, montait de la terre comme un voile sale. Le faisceau blanc des projecteurs la balayait régulièrement et chaque fois la lune s'éteignait. J'ai ouvert le livre à la première page : *Il était une fois un vieil homme, tout seul dans son bateau qui pêchait au milieu du Gulf Stream. En quatre-vingt-quatre jours, il n'avait pas pris un poisson.* Et tout de suite j'ai su que ce livre parlait de moi, et de nos frères de Gaza, enfermés sur la mer comme nous derrière nos barbelés, voguant sur l'eau stérile, leur voile repliée figurant *le drapeau en berne de la défaite*. Il y avait des mots, des noms que je ne connaissais pas, le Gulf Stream et les îles Moustique, la bière Hatuey et les Tigers de Detroit, et la mer non plus, je ne sais pas ce que c'est. Pourtant j'y étais, embarquée, je sentais le sel, les algues et le vent, la lune gonflait sur le tapis des vagues d'argent, l'œil blanc des projecteurs les balayait comme un phare. Je passais les lignes, partais pour les grands fonds, escortée d'oiseaux verts et de poissons volants. Tout à coup j'ai vu mes parents debout devant moi. Je ne les avais pas entendus se lever. J'ai vu l'inquiétude dans les yeux de mon père, la fierté dans ceux, battus, de ma mère. Elle sait lire, mais pas assez. Elle dit qu'un livre la fatigue comme un drap blanc qu'il faudrait broder tout entier. Mais quand elle me voit lire, et que ses mains sont occupées à la cuisine ou à l'aiguille, ses yeux suivent le mouvement des miens.

À chaque fois que je tourne une page j'y vois briller une victoire. Parfois je vais trop vite, je saute des mots, pour lui faire plaisir mais aussi pour que ses yeux me quittent. Toujours quand j'en finis elle me dit Raconte-moi. C'est ce qu'elle allait faire, je crois, ce matin-là, quand la porte s'est ouverte. Youssef s'est glissé comme une ombre. Ma mère s'est précipitée pour l'étreindre, il l'a repoussée. Il est passé devant moi sans me regarder, devant mon père sans le saluer, il est allé s'enfermer dans sa chambre. Mon père n'a rien dit. Il a juste crié à ma mère de lui servir du café. Il s'est assis, a pris une orange et son petit couteau très aiguisé, et il s'est fait une entaille profonde au doigt. Il a regardé le sang sombre qui coulait comme si c'était celui d'un étranger. Ma mère lui a tendu un linge, il l'a saisi, sans la lâcher des yeux, l'a jeté par terre et foulé aux pieds. Puis il a quitté la pièce.

Ma mère et moi nous avons vite compris en regardant en biais par la fenêtre. Seul Youssef était rentré. Et bientôt tout le camp l'a su aussi. Pourtant Youssef ne sortait pas. Il s'emprisonnait dans sa chambre. Il évitait mon père et les questions de ma mère. Il ne voulait même pas voir Amir. Parfois il hurlait qu'on lui apporte à boire ou à manger. Je lui tendais un plateau et il l'attrapait sans me remercier, les yeux creux et fous, le visage rongé par la barbe. Un jour j'ai vu sur sa tempe un énorme bleu et une estafilade sur sa joue. Je ne les avais pas remarqués le matin de son retour. J'ai pensé qu'il s'était frappé lui-même et qu'il se laissait pousser la barbe pour faire croire qu'il y avait, dessous, d'autres traces de coups. Il se fabriquait un masque de Martyr, j'ai pensé, comme Amir et Ibrahim avec leurs chiffons verts et leurs armes en plastique. Il cachait son échec. Il voilait sa honte. Personne n'est venu nous rendre une visite d'honneur. Personne ne nous a offert du café et des pâtisseries, seules Salma et sa mère. De toute façon, on n'avait pas le droit de sortir. Entre le camp et la ville, les chars faisaient une montagne de métal. Les barbelés avaient été redressés et dans la guérite les soldats aux yeux rouges veillaient. Il y en avait aussi sur les terrasses, aux fenêtres des maisons dont ils avaient chassé les habitants. Des yeux partout, béants dans les murs, noirs et ronds au bout des fusils, mobiles et clignotants dans les caméras, fureteurs, inquisiteurs, omniscients en sillons dans le ciel. Et sous ces yeux braqués, ma peau se déchirait, comme pour leur échapper. Elle partait en lambeaux sous mes ongles, les vieilles plaies précises se ravivaient, les mêmes parcelles exactement que quand j'étais enfant, découpées sur mon corps par le cadastre de la peur. Un visage infrarouge, je me disais, voilà ce que j'ai, un voile tissé de blême et d'écarlate, *couvert par des lambeaux de ténèbres nocturnes*. Mes vêtements sont de goudron et dans mes veines coule du poison. On tirait les rideaux. On allumait la télévision. On regardait des films égyptiens avec des femmes en robes roses et aux ongles peints qui allaient tête nue sous le soleil, des hommes volages et tendres qui portaient à leurs lèvres des boissons scintillantes. La nuit, on faisait jouer les enfants pour les tenir éveillés et le jour, on imitait la nuit, on les endormait en les berçant pour qu'ils ne voient pas les soldats en armes dans les maisons, les pères et les frères absents, l'attente des mères. L'heure pour sortir, c'étaient les autres qui la dictaient, depuis leurs haut-parleurs et leurs jeeps, parfois aussi ils ne le faisaient pas ou ils la changeaient, ou ils donnaient la leur, comme leur histoire ils substituaient leur heure à la nôtre, ils étaient les maîtres du temps. Au début on ne savait pas, on ne se méfiait pas, et des femmes sorties pour aller chercher de l'eau, troquer des provisions ou des couches pour les bébés, des enfants pour courir et pour jouer, tombaient sous leurs balles. En hâte, on échangeait des récits : d'autres encore avaient été arrêtés, une vieille femme sourde, qui n'avait pas entendu la sommation, avait été ensevelie sous les décombres de sa maison, une jeune mère était morte en couches et son bébé avec elle parce que l'ambulance qui la conduisait à l'hôpital avait été bloquée par les chars, d'autres, plus chanceuses, accouchaient sous les bombes qui tombaient sur la maternité et étaient aussitôt mises à la porte avec leur nouveau-né. Mais à nous, on ne disait rien. C'était la famille de Salma qui nous racontait tout. Les autres nous saluaient de loin ou, de plus en plus nombreux, se détournaient. Youssef était rentré, et mon père travaillait. Youssef était rentré parce que notre père travaillait, partait, chaque matin, pour la colonie, construire des maisons pour ceux qui détruisaient les nôtres. Nous avions nos murs et nos hommes, de la farine et des légumes, et même de la viande et des fruits. Ma mère en donnait à tous ceux qui demandaient, en fait ils ne demandaient pas, parlaient simplement des enfants malades, des hommes partis, du travail absent et d'elle-même elle donnait, mais ça ne suffisait pas. On voyait bien qu'ils prenaient d'une main et nous maudissaient de l'autre.

Une nuit, je ne sais plus quand (tout se confond, fil noir et fil blanc, mais tout doit être écrit, les mots mis en ordre pour que je puisse les dire aux Anges gigantesques et puissants), j'ai entendu des pas étouffés devant ma fenêtre. J'ai pensé que c'était Youssef. Plusieurs fois déjà je l'avais entendu se faufiler comme un chat. La rumeur disait qu'il allait dans l'autre grande maison, de l'autre côté du camp, qui elle aussi a encore ses murs et ses hommes, de la nourriture et des enfants. À l'époque, je savais seulement que celui qui l'habitait s'était battu aux côtés de Raed pendant la première Intifada et que Raed le redoutait. Nul ne savait pourquoi il n'avait pas été arrêté, nul ne songeait à le lui reprocher. On faisait aussi semblant d'ignorer d'où venait son argent. Moi, je pensais que Youssef jouait au hasard avec la mort. Et je l'enviais. Depuis mon lit je le suivais, ses pieds nus légers comme des ailes et son cou sans carcan, je plongeais avec lui dans les vagues de nuit, j'évitais les rayons du phare, je chassais l'horizon. Au petit matin j'ai entendu comme chaque jour mon père se lever et quitter la maison. Mais quelques minutes après, la porte s'est rouverte, des choses ont remué dans la cuisine, puis il est ressorti. J'ai pensé qu'il avait oublié la gamelle que ma mère lui avait préparée et, tout doucement, j'ai entrouvert la fenêtre pour lui demander s'il avait besoin d'aide. Et là je l'ai vu, debout face au mur, et j'aurais préféré perdre mes yeux plutôt que de voir ça. Il tenait d'une main un seau, de l'autre l'une des brosses de ma mère. Et il frottait le mur de toutes ses forces. Ça faisait comme le bruit des cigales, un crissement incessant, insupportable. Parfois il passait la main sur son visage, et je ne savais pas si c'était pour essuyer des larmes ou l'eau sale qui l'éclaboussait. C'était peut-être son visage qu'il voulait effacer. Je suis restée à la fenêtre, dissimulée par le rideau, à le regarder. Puis je l'ai entendu monter l'escalier, ranger la brosse et le seau, et je l'ai vu qui s'éloignait. Je suis sortie sans bruit. Les lettres se lisaient encore sur le mur, des volutes écarlates sur le béton blême. C'étaient des mots du Livre explicite et ces mots disaient :

Leurs langues, leurs mains et leurs pieds
témoigneront contre eux sur ce qu'ils ont fait.

Je suis rentrée à la maison. Amir dormait paisiblement. J'ai pensé : heureusement qu'il ne sait pas lire, puis : bientôt ma mère va voir cette broderie de honte, puis : Youssef aussi et le pire viendra. Je me suis couchée. Et j'ai décidé de ne plus me lever. Ou bien quelqu'un l'a décidé pour moi qui depuis ce jour-là s'est logé dans ma chair. Celui ou celle, je ne sais pas, revenu de l'enfance avec les chars et les barbelés, qui depuis quelques jours déjà grattait au rideau de mes nerfs, cloquait ma peau, boursouflait *ma langue, mes mains et mes pieds*. Mes ongles n'y faisaient rien, la chose colonisait mes jambes, mes bras, mon ventre.

Allongée dans mon lit, je la sentais qui traçait sa route au plus intime de moi, montait le long de mes vertèbres, me prenait à la gorge. Mes joues, mes paupières, mon nez se sont mis à piquer comme si j'avais respiré des gaz. Du bout des doigts j'arpentais mon visage comme une terre dévastée, *a waste land full with dull roots*. J'ai senti soudain une petite main fraîche sur mon front : Amir était réveillé. Va voir Maman, lui ai-je dit, je suis malade, je ne peux pas me lever. Il est aussitôt parti la chercher. Ma petite perle, ma toute belle, s'est-elle écriée en me voyant, que t'ont-ils encore fait. Elle est allée dans la cuisine me préparer, comme autrefois, un remède de menthe, de sésame et de cumin. J'ai songé c'est bien, tant qu'elle s'occupe de moi elle ne sort pas et avec un peu de chance le couvre-feu ne sera pas levé, personne ne verra. Mais plus tard les haut-parleurs ont crié l'heure. Et je l'ai entendue qui sortait avec Amir. Je l'ai imaginée, longeant le mur sans le voir, occupée à parler à l'enfant pour le distraire, lui montrant le ciel du doigt pour le détourner des ruines et des soldats, puis les yeux des autres, querelleurs et fuyants, pleins d'une haine joyeuse, et elle qui passe la main sur son visage, cherche la trace, la tache qu'elle lit dans tous ces regards, puis, sur le chemin du retour, la voix claire d'Amir demandant ce que c'est, ces lettres sur la maison. Mais c'est Youssef qui est rentré le premier. Je ne sais pas où il avait été toutes ces heures. Il est allé dans sa chambre et il s'est mis à taper du poing des pieds sur les murs. Et chacun de ces coups chevillait plus profond la chose à ma chair.

Père est revenu tard ce soir-là, la nuit était déjà sombre. Tout de suite les voix ont éclaté : Honte, criait Youssef, nous voilà marqués par la honte et rien ne l'effacera. Notre vie est salie, notre honneur, notre nom. Tu n'as qu'une solution : donner ta démission. Parleur, criait mon père, tu ne sais que parler. Sans moi tu moisirais encore sous les tortures de l'Abattoir. Et qui te donne le pain dont tu te nourris ? Et qui nourrit ta mère, ta sœur, tes frères ? Raed s'est battu lui au moins, et jamais il ne m'a reproché ni son nom ni son pain. Crois-tu que j'ignore où tu vas chaque nuit ? Et qu'en remuant ta langue et ta haine tu chasseras l'ennemi ? Ton pain je n'en veux plus, a hurlé Youssef, tu mangeras sans moi dans la main des Juifs. Non ! a hurlé ma mère, je t'en prie, ne pars pas ! Et la porte a claqué.

Youssef n'est pas rentré le lendemain ni les jours suivants. Ma mère n'a plus rien fait qu'attendre. Elle s'occupait de moi, passait sur mon visage des bandelettes imbibées de menthe, peignait mes cheveux, comme quand j'étais enfant. On dirait ceux de ta grand-mère, me disait-elle et, assise à mon chevet, Amir entre nous deux, elle me parlait de l'autre Leïla. Elle avait ton âge, exactement, me disait-elle, pendant la Nakba, mais, tu t'en souviens, elle a gardé jusqu'à sa mort la force de rire, jamais elle n'est restée sans rien faire, jamais elle ne s'est couchée. Raconte-moi encore, disait Amir, les yeux écarquillés et son pouce dans la bouche. Alors elle racontait la même vieille histoire, mêlée de toutes les mémoires enfermées dans le camp, de toutes les défaites dont il est saturé. C'était toujours l'histoire de l'un de ces villages dont nos rues conservent le tracé, nos maisons les fenêtres et les clefs, comme si même intactes elles n'avaient jamais été que des ruines, comme si ruinées elles restaient des monuments. Qaluniya, Beit Surik, Deir Yassin, Lifta, nous avons grandi avec ces noms-là sans bien savoir s'ils étaient ceux de l'enfer ou du paradis, de collines fertiles, de terrasses plantées d'arbres fruitiers, d'oliviers bruissant au vent, ou de ces nuits où, soudain, des hommes en armes avaient fait irruption dans les maisons, tiré au hasard sur les femmes et les enfants, massacré les hommes retranchés dans les mosquées, rassemblé les combattants du Mouvement national pour les aligner contre un mur et effacer sous les balles leur visage recouvert d'un sac de toile percé de deux trous. Ces images-là, nous les connaissions, c'était un cauchemar familier, le même vieux cauchemar qui toujours se répétait, mais je n'avais ni mots ni images pour ce qui était arrivé après et que ma mère racontait : l'errance, la longue errance sous le soleil fixe de ces journées du printemps 1948, les villages entiers jetés sur les routes, les hommes en armes qui tiraient au-dessus des têtes en criant d'aller vite, plus vite, les enfants perdus dans la panique, les mères qui suppliaient qu'on les laisse retourner dans les maisons déjà cernées d'explosifs pour y prendre leur bébé, la marche, la longue marche sous le soleil fixe, sans eau ni nourriture, les cohortes épuisées, terrifiées, et les plus faibles qui s'effondraient, on ne savait pas où on allait, quand soudain, dans la poussière de la route, sous le ciel très bleu, des barrages se dressaient, d'autres hommes en armes qui dépouillaient les femmes de leurs bracelets d'or, parfois aussi – les plus jeunes, les plus belles – de leurs vêtements, ta grand-mère, disait ma mère en pressant sur mon front les linges humides, ta grand-mère aurait pu être de celles-là si un homme courageux ne s'était interposé qui est devenu ton grand-père. Amir ouvrait grand les yeux en tétant son pouce plus vite, c'était son épisode préféré même s'il ne savait pas ce qu'il comprenait, la princesse aux longs cheveux sauvée par le héros, et nous nés du courage et de l'honneur gardé. Moi, je me demandais si la légende ne commençait pas là. Jamais je n'aurais pu, jamais je ne pourrai, prononcer les mots ni poser la question, mais je songeais ce jour-là, les lèvres et les yeux clos sous mes bandelettes embaumées, que la chose qui prenait possession de mon corps était née de la souillure, qu'un très ancien et très secret déshonneur refluait en moi. Et je savais aussi que ce dont ma mère parlait n'était pas le passé, que cette mémoire à laquelle l'ennemi refusait la figure ferme de l'Histoire se confondait avec le présent, qu'à s'efforcer de la couvrir d'oubli, jusqu'à lui refuser un nom, les autres sans cesse en rouvraient les plaies, en répétaient les gestes, de sorte que ce que ma mère voyait, brodant son récit, ce n'était pas les images fantômes du souvenir, mais celles d'aujourd'hui et de l'avenir, ce n'était pas le village mais le camp, pas les femmes dépouillées au barrage mais Darine humiliée au check-point, c'était Raed sous sa cagoule puante, Youssef debout contre un mur les yeux bandés les mains liées et peut-être déjà tombé.

Je sentais que, nous parlant, elle ne cessait de le guetter. La nuit, je la devinais éveillée, prêtant l'oreille à ses pas de chat. Elle n'écoutait plus la radio et demandait à Amir de couper le son quand il regardait la télévision. L'école était fermée, il tournait en rond comme un petit animal encagé, il fallait bien l'occuper. Quand elles pouvaient sortir, Salma et sa mère nous amenaient Ibrahim. Elles ne parlaient pas de Youssef, ni de la guerre, elles savaient que ma mère ne voulait pas. Elle interdisait aux enfants de jouer avec leurs armes en plastique ou à la bataille. Un jour, je l'ai entendue crier fort sur Amir parce qu'il voulait jouer au Martyr et au Juif. Il s'est réfugié dans la chambre, avec Ibrahim, plus effrayé par ces cris que par tout le reste car jamais elle ne lui avait parlé comme ça. Je les ai fait asseoir tous les deux sur mon lit, et je leur ai lu *Le vieil homme et la mer* jusqu'à ce qu'ils se calment. Quand un shahid a réussi son opération à Mahane Yehuda et que la joie a explosé dans le camp, ma mère a tiré les rideaux et s'est assise dans le salon. Ce jour-là, je me suis levée. On ne savait rien encore, juste les images muettes à la télévision qu'Amir regardait fasciné et les cris de joie dans le camp vite couverts par les tirs des soldats, on ne connaissait pas encore le nombre de morts ni la grande victoire d'un Américain tué. On savait juste que l'un des nôtres s'était vengé et que, pour quelques heures, avant les représailles et les arrestations, nous étions tous passés avec lui du côté des vainqueurs, nous nous étions rallié la force et le danger.

J'ai noué, comme quand j'étais enfant, un voile sur mon visage lacéré et j'ai rejoint ma mère dans la pièce obscure. J'étais, à l'intérieur de moi, debout et fière. J'ai pris dans la mienne sa petite main douce et sèche. Elle ne bougeait pas. Elle attendait. Elle cherchait, je crois, tout au fond d'elle-même, la force de sourire à celui qui viendrait à la nuit lui dire Félicitations ton fils est mort en Martyr. Elle ne pensait pas à ce qui viendrait après : les soldats, la maison explosée, puis la gloire et l'argent. Juste à ce moment où il lui faudrait accueillir la mort en souriant. Et moi, assise à côté d'elle, je ne pensais pas non plus à l'avant ni à l'après : juste à ce moment où l'homme de la grande maison, le directeur du camp, n'importe lequel de ceux qui, ces dernières semaines, détournaient les yeux à notre passage, soudain nous regarderaient en face. Le temps viendrait plus tard de pleurer notre mort.

Nous sommes restées des heures assises côte à côte dans l'obscurité. Amir a fini par s'endormir près de nous. Personne n'est venu. Quand la porte s'est ouverte à la nuit, c'était mon père. On l'avait retenu au travail. Dès que la nouvelle de l'attentat avait éclaté, des hommes de la colonie s'étaient précipités sur le chantier. Ils avaient menacé les nôtres avec leurs armes et avaient commencé à les frapper. L'un des ouvriers était tombé dans la fosse creusée pour une piscine et s'était ouvert le crâne. Les soldats israéliens avaient dû s'interposer. Mon père n'a pas voulu en dire plus. Il a refusé de manger et nous a ordonné d'aller nous coucher.

Je les ai entendus, ma mère et lui, chuchoter longuement dans leur chambre. Puis, quand leurs voix se sont tues, je suis retournée dans le salon et j'ai allumé la télévision. Des images muettes tournaient, toujours les mêmes : un marché riche et grand, comme je n'en avais jamais vu, des fruits dont je ne connaissais ni le goût ni le nom, des confiseries multicolores qui scintillaient comme un trésor, et puis le reste, que je connaissais, des vitres éclatées, des murs calcinés, et aussi un café, chaises et tables gisant au milieu de débris de vaisselle, de tas informes, comme des boutons de chair, recouverts de draps, et des photographies, où l'on voyait des femmes presque nues ou très bien vêtues souillées de taches brunâtres. À un moment la caméra a montré trois adolescents qui se tenaient par la main, un garçon très beau, une fille rousse criant et une autre, et la voyant de loin je me suis dit je la connais puis quand la caméra s'est approchée c'est moi cette image m'a pris mon visage. J'ai fermé les yeux un instant. Quand je les ai rouverts, une phrase défilait au bas de l'écran qui disait que le kamikaze avait été identifié et que c'était un homme de Gaza dans des vêtements de femme.

Je me suis couchée. J'ai dormi, cette fois. Quand j'ai ouvert les yeux, ma mère était assise au pied de mon lit. Elle pleurait, j'ai cru de soulagement et de joie. Mais non, ce n'était pas ça. Elle était sortie acheter du pain et du lait, au plus vite car le couvre-feu était renforcé. Le commerçant lui avait répondu qu'il n'avait pas été livré. Chez un autre, plus loin, on lui a dit aussi que les stocks étaient épuisés. Au moment où elle quittait la boutique, une autre femme entrait : si elle veut manger, elle n'a qu'à demander aux Juifs, a prononcé le marchand assez fort en tendant à l'autre femme le pain et le lait. Ma mère a traversé tout le camp, jusqu'à l'échoppe près de la grande maison. Le vieil homme qui la tient est né dans le même village que ma grand-mère, je veux bien te servir, a-t-il dit à ma mère, mais il faut que tu saches et dises à ton mari que c'est la dernière fois. Je ne comprends pas, elle a balbutié. C'est donc que ton mari a voulu te cacher ce qui est arrivé à la colonie, a marmonné le vieillard les yeux baissés, ou peut-être que tu ne veux pas savoir. Je t'en fais le récit en souvenir de ta mère mais il ne faudra plus me demander de te parler après. Des hommes de la colonie qui rentraient en voiture après la nouvelle du Martyr au marché ont vu sur la route un enfant de la ville une pierre à la main. Ils l'ont forcé avec leurs armes à monter avec eux. Ils l'ont ramené à la colonie. Ils l'ont battu jusqu'au sang. Puis ils ont déposé sur la route son corps presque mort. Tu dois comprendre après cela que je ne peux plus te vendre ce pain que tu achètes au prix du sang des miens.

De retour à la maison, ma mère a vu le nouveau graffiti : ils n'avaient pas attendu la nuit, cette fois, et sur le mur le mot TRAÎTRE éclatait en lettres écarlates.

Après, je ne sais plus. C'était comme si le mur reposait à l'horizontale sur le lit que je ne quittais pas, comme si, avec le sang qui s'était mis à couler de mon ventre, sa souillure passait en moi. Un soir, Youssef est revenu. Je l'ai entendu parler fort avec mon père puis tous deux sont entrés dans ma chambre et m'ont demandé de me lever. Ma mère était assise à broder. Elle ne m'a pas regardée. Assieds-toi, a dit mon père, il me faut te parler. L'ami de Youssef est prêt à te prendre pour deuxième épouse. Sa maison est assez grande pour te loger et il te traitera bien. Youssef a décidé ta dot avec lui, il ne demande rien d'autre. Tu peux être fière, et remercier le Ciel et ton frère. Bientôt on saura la nouvelle et notre honneur sera lavé. Je me suis jetée suppliante aux genoux de mon père. J'ai pris ses mains et je l'ai prié en larmes de m'épargner, d'être fidèle à sa promesse de me laisser étudier. Ma mère a poussé un petit cri. Elle s'était piquée avec son aiguille et de fines gouttes de sang brodaient son drap blanc. Mon père avait les yeux de côté, ses mains restaient raides entre les miennes. Youssef m'a saisie par le coude. Ses doigts s'enfonçaient dans mon bras comme les serres d'un faucon. Ça suffit, il a crié, à présent tu dois dire oui.

Plus tard dans la nuit, j'ai embrassé Amir, j'ai pris mon livre et mis mon abaya, je suis allée chez Salma. J'ai frappé à la fenêtre de la chambre où elle dormait avec Ibrahim, elle m'a fait entrer vite avant que les soldats nous voient. Je lui ai tout raconté. Je ne pleurais plus. Je n'avais plus envie de pleurer. Je savais déjà que rien ni personne ne pouvait m'aider. Elle le savait aussi, je crois. Nous nous sommes allongées joue contre joue sur le tapis de sa chambre, bercées par le souffle paisible d'Ibrahim et par la lueur ondoyante de la lune : un jour nous partirons, chuchotait Salma en caressant mes cheveux, nous ôterons nos voiles et nos peaux de goudron, nous passerons les barrages et le pont Allenby, nous irons en Jordanie. À Amman, nous saluerons mes frères et leurs sages épouses puis, à la nuit, nous reprendrons la route. On roulera, toi et moi, tête nue dans des bus cahotants en chantant des chansons idiotes, on s'achètera des lunettes de soleil et on hélera, élégantes, des taxis silencieux et climatisés, d'un geste de la main on saluera le sable à travers leurs vitres fumées, on mangera n'importe quoi, à n'importe quelle heure, des amandes vertes et du chocolat, des graines de lupin et des fèves salées, personne ne nous dira que faire ni quand, on boira du thé anglais dans des halls d'hôtel grands comme des mosquées, on se fera des confidences du bout de nos lèvres fardées, bras dessus bras dessous on arpentera des rues vastes et pavées, on regardera, dans les vitrines, les mannequins au crâne ras, on essaiera, derrière des rideaux de velours écarlate, des jupes très courtes et des talons très hauts en faisant des grimaces dans la glace, puis on enlèvera tout et on plongera dans la mer Morte, les yeux rouges de sel on rira d'être portées sur elle comme sur un lit d'apparat et de voir lointain le pays où l'on ne reviendra pas, on visitera des temples où nichent des statues roses et des oiseaux aux lourdes ailes, on posera nos paumes sur des roches courbes et striées ployées comme des arches… Salma parlait, et je m'assoupissais. Le lendemain je me suis réveillée dans son lit. Sa mère était là. Je veux bien te garder un peu, m'a-t-elle dit, je m'arrangerai avec les hommes. Mais il faut prévenir ta mère, elle a déjà trop de souci. J'expliquerai que tu es trop faible pour te marier, qu'il te faut te reposer. D'ailleurs, regarde, tu n'as plus de visage et tes draps sont tachés.

Elle a tenu parole. Quand ma mère pouvait, elle venait avec Amir. Elle avait vieilli, le front entaillé d'une ride verticale comme par un coup de bec. Et c'était comme si ce trait la partageait. Elle s'asseyait près de moi, me prenait par la main, d'un œil elle évitait tristement mes livres et de l'autre elle mentait : comme tu seras belle, le jour de tes noces, disait-elle, je natterai tes cheveux et te donnerai une robe brodée, j'enfilerai des bracelets d'or depuis ton coude jusqu'à ton poignet, vois, j'ai déjà commencé à coudre pour toi, nous mangerons et chanterons, tout le monde viendra et ton père sera fier de toi. Mais Maman, lui disais-je, tu vois bien que mes jambes ne me portent pas, regarde-moi. Alors elle me regardait de ses deux yeux et il me semblait y voir se refléter ce que les miens voyaient : la claire image d'une bête menée à l'abattoir. Puis sa voix se faisait de métal, mais au moins disait vrai : écoute, tu n'as pas le choix. Un soldat nous a prévenus, des hommes ici veulent lyncher ton père et détruire la maison. Tu as jusqu'à la lune nouvelle, pas au-delà. Tu dois te lever, comme je l'aurais fait et ta grand-mère aussi. C'est ainsi, il nous faut accepter.

Les jours coulaient. Quand nous étions seules, Salma et moi, avec les enfants, nous leur apprenions un peu à lire et à compter, nous leur lisions des histoires. Allongées à plat ventre sur les tapis du salon, nous passions des heures à jouer avec eux, nous leur inventions des jeux, retrouvions la mémoire de ceux qui nous amusaient à leur âge. Mon préféré, que Raed m'avait appris autrefois, c'était de répondre à des questions sans jamais dire ni oui ni non. Ibrahim était très fort, il pouvait tenir longtemps à ne dire que peut-être, ou qui sait, ou si Dieu le veut. Il disait aussi que plus tard il m'épouserait, et Amir, Salma. J'avais cinq, six ans, l'avenir était loin. Je voyais la poussière danser dans la lumière, je mangeais, je dormais, ce qui se passait dehors, les soldats, les chars, les arrestations, tous les complots des hommes, ne me concernait pas. Nous étions en train de regarder des dessins animés à la télévision, ce jour-là, assis sur les coussins. J'avais pris Ibrahim sur mes genoux, et ses petites mains moites reposaient sur les miennes. Soudain la vitre s'est brisée et la tête d'Ibrahim est tombée sur mon cou. La balle l'avait touché en plein front, il n'a eu le temps de dire ni oui ni non.

Aux Anges, aux démons et aux djinns qui m'interrogeront, je dirai que j'ai su en cet instant. Que ce qui, silencieusement, mûrissait en moi tandis que nous jouions allongés sur les tapis dans l'indolence de l'enfance, tout à coup a surgi de mon corps dévasté et de celui, inerte et tiède, que je serrais dans mes bras. Que sa vie soudain, sa vie vierge et gâchée, a reflué en moi, assez forte pour se rallier la mort. Qu'elle a chassé le poison qui corrompait ma peau et mon sang pour faire de moi une arme de pensée et de nerfs. Voilà ce que je dirai aux Anges gigantesques qui torturent les damnés, aux vers, aux serpents, aux scorpions, et au Tout-Puissant s'il m'entend : j'ai su que je vivrais pour prononcer son nom, l'emporter avec moi, à l'abri sous mes lèvres, dans le lieu radieux. J'en ai fait le vœu muet le jour de son enterrement, face à son corps frêle couché sur le flanc droit dans un linceul parfumé d'essence verte. À Salma vacillante, qui s'agrippait à moi, j'ai dit : Ne t'inquiète pas, je veillerai sur lui. Et encore le surlendemain quand sa mère et elle sont parties pour la Jordanie : Tu peux partir en paix, je reste avec lui. Leïla, non, m'a-t-elle dit, le jour viendra où tu me rejoindras, j'en suis sûre, ne l'oublie pas. Je n'ai rien répondu mais elle a compris je crois. Je ne veux pas la juger, mais ce marché me révulsait, ce marché ignoble conclu avec l'ennemi au lendemain de ce qu'ils appelaient *l'accident*, sa liberté achetée au prix de ce qu'ils appelaient une *bavure*, une *balle perdue*. Je sais ce que tu penses, tels ont été ses mots au moment où elle m'embrassait pour la dernière fois, mais je n'en peux plus de cette violence, il me faut sortir, partir, et je suis sûre qu'Ibrahim le voudrait. Ne me regarde pas comme ça, avec ces yeux durs qui m'effraient, laisse-moi te serrer dans mes bras. Je t'en prie, ne songe pas à la vengeance, la vie entière t'attend, tout peut encore arriver, et même le meilleur, et même le bonheur. Vois, il y a une chose que cet enfer m'a enseignée : le plus difficile, ce n'est pas de résister à l'ennemi, c'est de ne pas céder à la haine que l'on a de lui.

Moi aussi je suis partie, à l'autre bout du camp. Je suis allée voir l'homme à la grande maison. C'était comme s'il m'attendait. Il m'a fait asseoir sur des coussins moelleux et a demandé à sa femme de nous servir du thé et des pâtisseries et de nous laisser. Lui-même s'est assis, très droit, en face de moi. Il était si mince et si grand qu'il me semblait ne plus avoir que la taille d'une enfant. Il me fixait de ses yeux verts frangés de cils noirs, tout en portant à ses lèvres le thé anglais. Ses mains étaient longues et fines, et ses ongles polis comme ceux de T. S. Eliot. J'ai su tout de suite que j'aurais pu l'épouser et peut-être l'aimer. Je n'osais pas parler la première, c'est lui qui, de sa voix douce, m'a dit Je savais que tu viendrais, que puis-je faire pour toi ? Les mots soudain me sont venus tout seuls, je les disais de ma voix la plus claire, sans hésiter, comme sous la dictée, et à mesure que je les prononçais, je les voyais s'enchaîner dans ses yeux verts. Il m'écoutait attentivement, et pourtant c'était comme si je n'avais pas besoin de parler, comme si lui aussi avait su cela de tout temps, comme si quelque chose nous unissait dans le silence. Il ne m'a pas posé de questions, je n'ai pas eu à le convaincre ni à le supplier. J'étais, face à lui, tout entière, contenue dans ces mains fines, dans ces yeux verts, tout entière offerte et tout entière acceptée. Quand je me suis tue, il m'a souri avec la douceur d'une mère. Il m'a donné le jour et l'heure où nous revoir, puis il s'est levé, en lissant sa tunique blanche d'un geste élégant, et m'a tendu la main comme à une reine.

Je suis rentrée chez moi. J'ai dit oui à ma mère, oui à Youssef, oui à mon père, j'ai dit que j'acceptais. Voilà que j'étais vive, glorieuse, légère. Mes jambes me portaient, mon sang ne coulait plus. Sous le voile que j'ai ôté, ma peau était redevenue lisse et fraîche comme celle d'un nouveau-né. Tu as retrouvé ton visage, souriait ma mère en me coiffant, c'est le mariage qui te le rend. Et sous mon front sans tache résonnaient d'autres mots :

Chaque fois que leur peau sera consumée
nous leur en donnerons une autre
afin qu'ils goûtent le châtiment.

Je l'aidais sans trembler à préparer mon trousseau, je brodais avec elle des linges blancs. La rumeur s'est répandue dans le camp, on nous salue et on nous sert comme avant. J'arpentais la maison et les rues comme un nouvel empire, soulevée par un triomphe secret. Youssef n'élevait plus la voix, ma mère me cuisinait mes plats préférés et me gavait de choses douces et sucrées, mon père évitait mon regard. Je ne sais pas ce qu'il redoutait d'y lire, je ne faisais pas la sacrifiée, je le rassurais, impérieuse et câline comme une enfant. C'était un peu comme s'ils avaient peur de moi, de ce qui me dressait si haut parmi eux. Oui, j'ai traversé ces jours *élevée de plusieurs degrés*, comme si déjà j'étais *parée de bracelets d'or, d'habits verts de soie et de brocart.* Une grande chose m'attend, voilà ce que je me disais et qui me faisait fendre l'air, si forte que même les soldats baissaient les yeux devant moi. De cette chose j'avais oublié le nom, je ne me souvenais que de sa dignité. Elle ouvrait un avenir, vers lequel marcher droite et fière, et sur ce chemin rien ne pouvait m'arrêter, ni les murs souillés ni les barbelés ni les hommes aux haleines de chien. Rien ni personne ne m'entravait, le monde et les autres une sphère de verre soufflé et mon corps la traversait en éclats sans s'y blesser. Cette chose m'appartenait, rien ni personne ne pouvait me la prendre ni me la donner. Elle grandissait protégée dans l'obscur de mon ventre, patiente, muette, entêtée, elle prenait forme, les battements de mon cœur, la pulsation de mon sang peu à peu la modelaient, gravaient sur elle mes traits les plus secrets et il me semblait parfois la sentir tressaillir sous mes doigts. C'était elle, peut-être, qui tenait les autres à distance de moi, les hommes qui me saluaient de loin, les chiens jaunes qui se couchaient à mes pieds la gueule écumeuse et le poil hérissé.

Souvent je me retirais dans ma chambre, et personne ne m'en empêchait. J'ai commencé à écrire pour les Anges, je lisais. L'homme m'a donné un livre qui s'appelle *Le Protocole des Sages de Sion*. Je n'ai pas besoin de ça. Il m'a aussi demandé d'étudier la sourate 3. J'ai glissé une image à la page où l'on lit :

Ne crois surtout pas
que ceux qui sont tués
dans le chemin de Dieu sont morts.
Ils sont vivants !

Je ne lis pas le Livre explicite, je regarde l'image. C'est une photo de Wafa Idriss. Elle porte, noué en bandeau sur le front, un keffieh noir et blanc qui laisse libres ses boucles brunes, et aux oreilles des petits anneaux d'or. Sa peau est lumineuse, comme celle d'une étoile de cinéma, et ses lèvres peintes de rose nacré. Elle regarde de biais, d'un regard dont toute joie paraît depuis longtemps chassée. Pourtant on ne peut s'empêcher de vouloir voir ce qu'elle voit et qui tient ses yeux fixes, lucides, dessillés.

J'ai pris cette photo sur une pile à l'épicerie. Je l'ai choisie parce qu'au dos des mots y étaient tracés, d'une fine écriture régulière : je connaissais ceux de Yasser Arafat, ils sont faciles à réciter – *Femmes et hommes sont égaux. Vous êtes mon armée de roses qui écrasera les tanks israéliens* –, mais il y en avait d'autres, en dessous, qui n'étaient pas signés : « Elle est celle qui mérite le nom de Jérusalem. Son corps explose en plusieurs morceaux, pénètre la terre de Palestine et ne la quittera jamais. Elle est Marie-Madeleine, Marie et la sainte Vierge, et Hagar, et Fatima. Elle est Haïfa et Naplouse. Son visage éclaire à jamais. Elle est la fleur de feu de Jérusalem. »

Je regarde l'image, et je lis les mots qui disent la gloire de Wafa. Il me semble pourtant que dans ces mots d'homme jetés comme des fleurs sur son corps émietté quelque chose ment, qu'aucun n'est fidèle à ce que voient ses yeux sévères, ni à la lumière qui l'éclaire. L'armée de roses d'Abou Ammar, nos corps flexibles nourris d'épines, je la vois très nettement (j'ai dans la tête cette image naïve et bariolée) fauchée, battue comme les blés – *Dull roots with spring rain.* Je crois en la gloire plus qu'en la victoire. Je crois en la beauté de ce visage de lune pâle et de ce regard aimanté, en celle des destins imprévus et des fils rompus, je crois en la beauté des corps offerts, du sacrifice et des feux d'artifice, je crois en la beauté des vaincus. J'envie Wafa, et pas plus qu'elle je ne me fais d'illusions. Sous les mots tracés par une autre, j'inscris ceux d'Ernest Hemingway, ils sont mon étendard, mon drapeau en berne mais porté bien haut : *Il se savait vaincu définitivement et sans remède.* Et comme le vieil homme, je crache dans la mer.

La nuit, je guettais la lune nouvelle. Amir pleurait dans ses rêves et appelait Ibrahim. Quand je le prenais dans mes bras pour l'apaiser, c'était comme si je portais encore l'enfant mort. Il ouvrait les yeux et, au lieu de se blottir contre moi, il me regardait avec effroi. Je crois qu'il est seul à savoir. Parfois la peur passait de son petit corps moite au mien, un goutte-à-goutte d'eau sale que je n'arrivais pas à arrêter. Alors je faisais comme au check-point : je fixais le pouce de ma main droite jusqu'à ce qu'il me devienne étranger. Puis je passais aux autres doigts, aux bras, aux épaules, aux seins, membre après membre, pièce à pièce jusqu'à mon ventre, mon ventre soyeux, argenté, palpitant, de poisson harponné, mon ventre bombé de vierge inféconde qui d'un coup se fendra sur des ciels ruisselants et des arches effondrées, je l'éloignais pour mieux le regarder puis je l'écartelais pour m'en extirper. J'avais du mal à aller plus loin, à franchir cet instant où je serais absolument belle, et dangereuse, et donnée. Ma mère le jour m'initiait au mystère des noces. Et ses mots étaient les mêmes que l'homme avait utilisés en les mimant de ses mains fines : un doigt pointé touchant sa paume c'est, disait-il, disait-elle, comme une piqûre d'aiguille, une brève douleur que suit aussitôt la félicité, et j'essayais d'imaginer cela (il me semblait parfois y arriver), l'aiguille qui me harponnerait, d'un coup me coudrait au fond du monde, puis les fils et les nœuds d'un coup tranchés, et moi ouverte, fendue, déliée, démesurément élargie, mon corps une vague, une lame immense passant la barrière de ma peau, écumeuse, éclatée, et la certitude en cet instant que l'on est bien vivant.

Hier je me suis rendue à l'heure dite au cimetière. J'ai revêtu une tunique blanche sous mon abaya et je me suis glissée de l'autre côté du camp. La nuit était sombre et les étoiles voilées. J'allais de mur en mur, silencieuse comme une ombre, évitant les caméras et les soldats, et tout me paraissait facile, comme si j'étais déjà invisible. Des chats parfois me frôlaient puis s'immobilisaient et me contemplaient de leurs pupilles jaunes, étonnés de n'être pas passés à travers moi. Non loin de la grande maison, les barbelés avaient été cisaillés. Un homme m'attendait de l'autre côté, le visage couvert d'une cagoule noire. Sa démarche, sa stature étaient celles de Youssef mais quand, d'un mot bref, il m'a dit de le suivre, j'ai reconnu un accent étranger. Nous avons gravi la colline sans parler. L'homme portait une pelle sur son épaule et se retournait souvent pour s'assurer que je le suivais. Sous ses semelles de crêpe, les pierres roulaient sans bruit. J'ai ôté mes sandales pour sentir la terre sèche et les grandes herbes qui me caressaient comme des ailes. Quand nous avons atteint le cimetière, le ciel s'est fendu sur des défilés d'étoiles. L'homme m'a conduite dans un lieu reculé. Les tombes y poussaient en désordre sous les arbres, comme des fruits tombés, et la pierre de certaines, très anciennes, veloutées par le temps, se brisait sous la poussée de racines souples, gorgées de sève, aussi enchevêtrées que des corps à l'étreinte. Des lettres s'y lisaient, des bribes de noms, effacés, murmurés. L'homme s'est arrêté près d'une tombe intacte, dont la forme était très exactement celle d'un berceau de pierre. Une plante étrange y poussait en biais, dont les branches s'évasaient à la façon d'un chandelier. L'homme m'a tendu la pelle : creuse, m'a-t-il dit, à la mesure de ton corps. J'ai obéi. Du bout de ma pelle, j'ai dessiné un rectangle parfait, comme pour jouer à la marelle, sauter à cloche-pied de la terre au ciel. Et j'ai commencé à creuser. J'allais vite au début comme si j'avais fait ça toute ma vie. Sous l'écorce desséchée, broussailleuse, le sol était meuble, encore gorgé de pluie. Puis j'ai commencé à buter sur la roche dure et des grouillements de racines blanches et luisantes comme des vers – *dull roots with spring rain*, je me répétais essoufflée comme un disque rayé. Le vent s'était levé et charriait par bouffées l'odeur des ordures que les colons déposent à la porte de nos morts. L'homme m'a arraché la pelle des mains : le temps presse, a-t-il dit, il faut en finir avec la nuit. Il a relevé le bas de sa cagoule pour mieux respirer, et j'ai vu des lèvres très fines et haut tranchées comme d'un coup de rasoir. Il travaillait vite, sans me regarder, ouvrait la terre comme l'eau et la jetait de côté avec des gestes de rameur. Il s'est hissé souplement hors de la fosse, a rabattu sa cagoule et m'a, de la main, invitée à m'allonger. Il avait creusé si profond que je ne voyais plus son visage quand il m'a dit Je m'en vais. Je serai là à l'aube si toi tu l'es encore.

C'était paisible au début. Je regardais les étoiles pâles et les nuages diaphanes qui ondulaient comme des lambeaux de méduses. Il me semblait dériver avec eux sur une mer sans frontières. Mais la terre autour de moi a commencé à remuer, pleine de grouillements, de choses glissantes qui s'infiltraient sous ma tunique avec la puanteur des ordures. De la montagne me parvenaient le cri des chacals et celui, bref, des oiseaux de nuit, mais derrière, ou peut-être de l'intérieur de mon crâne, un autre perçait, un sifflement suraigu, monotone, incessant. Je me suis souvenu des récits de ma grand-mère, de Munkar et Nâkir, les Anges terrifiants qui torturent les damnés, les plantent à coups de marteau au plus profond de la terre et les y laissent pendant soixante-dix ans pourrir et crier d'un cri que seuls perçoivent les animaux, et je ne savais plus si j'étais ange, animal ou damnée. J'ai mis mes mains sur mes oreilles, le cri continuait, alors pour le faire taire j'ai dressé la liste des soixante-dix noms que j'emporterai avec moi dans le lieu radieux, j'ai compté Ibrahim en premier, et l'enfant battu par les colons, puis mon père, ma mère, et mes frères, et la famille de Salma, à qui j'ai pardonné, la place restait encore pour cinquante-neuf noms, elle n'était pas assez vaste pour accueillir tous les vivants que j'aurais pu aimer, sans compter ceux qui ne sont pas encore nés et les morts sans avenir, sans compter les vieillards tombés d'épuisement sur les routes de la Nakba, et ceux de Sabra et Chatila, et les corps crochetés de l'Abattoir, mon ventre n'était pas assez fort pour tous les porter, même éclaté en myriades il n'y suffirait pas et pourtant tous continuaient à crier de leur cri inaudible, et moi aussi, à l'intérieur de mon crâne, derrière mes lèvres scellées je hurlais les mots du Livre *Je n'aime pas ceux qui disparaissent*. Voyons, me disais-je en comptant sur mes doigts, parmi ceux-là certains sont déjà morts en martyrs et donc déjà sauvés mais soudain le doute m'a envahie, un doute ignoble, poisseux, puant, pire que les ordures et la terre grouillante, un doute qui déjà faisait courir les larves sous ma chair, que valent ces promesses, disait la voix qui s'insinuait derrière le cri, ces mariages célestes et cette félicité, as-tu déjà songé à ce qui viendra après, passé l'instant glorieux où tu seras si belle, et dangereuse, et donnée ? Rien d'autre peut-être que la terre humide où tu moisis déjà, sans corps ni nerfs pour la sentir, rien d'autre que le rien. Et je ne pouvais pas faire taire cette voix parce que c'était comme si elle me découvrait ce que contemplaient les yeux fixes de Wafa et que j'évitais de regarder, parce que l'écoutant je voyais au-delà de mon corps devenu volcan, lave brûlante, jaillissement d'étoiles filant vers le firmament, au-delà de mon désir et de l'instant somptueux où je serais délivrée de moi, où la vie soudain m'excéderait, où je ne serais plus rien que le réceptacle extasié d'espaces innombrables, je regardais au-delà, et au-delà, il n'y avait rien. Ce rien, qu'as-tu fait d'autre, disait la voix sinueuse, que le voiler de récits et de mots enfantins, as-tu jamais cru aux Anges justes et puissants et aux Jardins du délice, as-tu jamais cru aux habits verts de soie et de brocart, aux sources jaillissantes où germent des plantes diaprées ? As-tu jamais voulu être la Reine des vierges, dents de perle et yeux noirs et la peau semblable au blanc caché de l'œuf, as-tu jamais cru à ces mots d'homme jetés comme des fleurs corrompues sur les corps broyés des femmes, as-tu jamais cru à leurs rêves sanglants et hagards de pureté ? Quel pari fais-tu là, dans quel jeu de hasard t'apprêtes-tu à te lancer aveugle éparse comme des dés ? Mot à mot la voix me ligotait. J'aurais voulu *souffler sur les nœuds,* me redresser, partir, mais c'était comme si je m'enfonçais plus profond dans la fosse humide. Quelque chose m'y tenait, m'y fichait à coups de marteau, et le ciel immense m'asphyxiait. Je ne sentais plus mes vêtements ni les contours de mon corps comme si j'étais couchée nue sans barrière contre la terre, par mes doigts-racines de froides humeurs s'infiltraient, pleines de germinations avortées, de grouillements de vers et de nerfs, doucement je me dissolvais, je devenais flaque, boue, patiente, étale, opaque. Un grand silence s'est fait, comme si le monde s'était lui aussi fissuré, comme si par cette fissure voix et cris s'étaient vidés. Au-dessus de moi le berceau de pierre se dressait en un paisible scandale. Je le regardais, et une grande torpeur me gagnait. L'enfant qui y repose, songeais-je vaguement, est-il celui que je n'aurai jamais, l'argile fine pétrie de ce qu'il me reste de vie, le corps fragile qui aurait pu me retenir ici, dont les contours et les caresses auraient modelé le mien, l'ancre légère qui m'aurait amarrée, autour de laquelle je n'aurais plus rien fait qu'osciller, douce, tiède et captive ? Ou celui qui va naître de mes entrailles déchirées, la mort dont, comme chacun, je suis née gravide et que j'ai si bien servie, bercée, nourrie dans mon ventre vain, la mort mûrie par une longue et tenace gestation, la mort pesante, solide et drue dont va enfin me délivrer la joie suppliciante des accouchements sanglants ?

La délivrance, oui, ce mot-là m'a frappée avec le tranchant d'une lame, tirée de ma torpeur, la délivrance, voilà de quoi je prends le chemin souterrain,

plus de venin dans mes yeux ni d'épine dans ma gorge et la pierre dans mon ventre finira par rouler,

la pierre dans mon ventre finira par rouler et tout sera comme si je n'avais jamais existé, comme si je revenais au grand vide glacial et stellaire des vies avortées.

Et soudain ciel et terre ont cessé de peser car je n'étais plus là pour les partager

le barrage est tombé, le mur aveugle que j'étais, plus de peau pour sentir ni de mots pour souffrir rien

rien d'autre que la terre meuble et le ciel déchiqueté,

et entre eux deux ce que je fus, dissous, traversé, absent puis soudain,

dans la joie violente de cette annulation, étreint,
rapté
par une autre absence,
ancestrale, innommable, inespérée.

J'ai ouvert les yeux, l'homme était là. Il a relevé sa cagoule sur ses lèvres fines et m'a tendu la main. Je me suis dressée et j'ai dit la shahada, j'ai dit cet acte de foi qui commence par un non, *la*,

la ilah illa llah,
il n'y a de Dieu que Dieu,

et l'homme ne sait pas que Dieu n'a pour moi d'autre nom que ce non.

Jérusalem, Shaar HaArayot

Je viens à toi, mon bien-aimé, à travers les rues blanches sous le ciel sans partage, je viens à toi, joyeuse et fière, l'air est si léger, le jour encore si clair, ô j'aime tout, je ne suis plus en guerre, j'aime et bénis tout cela qui me mène à toi, vois, je souris déjà et parfois je prononce ton nom à haute voix, un doigt sur mes lèvres je le scelle aussitôt, je le cache, mon trésor, mon secret, ma merveille et puis je chante, à haute voix je chante *Joseph avait dix-sept ans aux yeux de ceux qui le voyaient il était beau entre tous les enfants des hommes*,

je suis bête tu vois, et heureuse, et glorieuse, c'est miracle, ce chemin qui s'ouvre vers toi, miracle que tu m'attendes, miracle le désir partagé, miracle et trésor nos corps mêlés,

je viens à toi, parée, offerte, fendue par le milieu et déjà toute vouée, grave, aussi, recueillie, j'ai accompli les gestes, veillé au rite ancien, dénoué mes cheveux, pris un bain parfumé, mon corps pesait si lourd d'espérer tes mains, mes seins denses, mon ventre qui se creusait je les aimais d'être tiens, joie

Jérusalem, Bab al-Asbat

Le soleil sur ma peau une tache sèche et douce mes talons claquent sur les pavés petit bruit de mitraille à chaque pas ma robe caresse mes genoux haute et fragile je tangue un peu surtout ne pas tomber des yeux me frôlent mes bras ma gorge mes jambes mes cheveux dénoués glissent sur mon ventre à peine bombé allez-y regardez mais pas trop près plaisir des yeux n'approchez pas ne touchez pas vous me croyez offerte scintillante et parée jamais personne ne vous aura à ce point trompés ma peau est de plastique mes entrailles de vis et d'acier vous me croyez poupée je suis une machine, indomptable intelligente sophistiquée, et derrière mes lunettes noires je vous vois gris de cendre je vous efface déjà

j'ai ce pouvoir-là, j'en porte sous ma robe le fardeau et la gloire, je suis la souveraine secrète, la reine ignorée,

voilà ce que je pensais tout à l'heure face à la caméra, j'ai dit les mots qu'on attendait de moi, j'ai dit *Jihad* et honneur et nous les femmes palestiniennes, dure comme un sabre et sans ciller, mais déjà d'être pleine et ouverte, joie de me préparer pour toi et des heures vigilantes et inquiètes qui précèdent l'abandon,

mon temps se passe ainsi, celui où je t'attends, celui où tu es là, celui où je me souviens de toi,

l'attente est si aiguë (le luxe, partant te retrouver, sachant que tu seras là, de croire un instant que je pourrais me passer de toi), le souvenir si précis (la hâte d'être seule pour mieux sentir chaque caresse, chaque baiser, sertir un à un les joyaux du don profus, magnifique, inépuisable, de ton corps au mien) que je me dis parfois à quoi bon sa présence en surcroît, à quoi bon si son manque m'emplit déjà,

c'est folie, je le sais, car je sais aussi que si je l'attendais en vain, je ne serais plus rien de n'avoir été que cet élan vers lui,

ne pas penser à ça, regarder ces rues, ces visages que je croise, les chérir d'être pris avec moi dans la perfection de ce présent-là, d'être les témoins involontaires de notre alliance,

aller à pas de danse vers la fine pointe de ma vie, bras tendus, pieds arqués, m'y tenir en équilibre, sentir, funambule, qu'à tout moment je peux tomber mais aussi que jamais, ô non, jamais, il n'a été si bon d'être vivant

puisque je viens à toi mon bien-aimé, mon tendre amant, et que bientôt tu seras là et que cette promesse-là, nul ne peut nous la prendre,

et je veux croire qu'elle sera toujours recommencée,

je voyais mon image, immatérielle, démultipliée, cette image qui demain vous sautera au visage avec l'éclat tardif des étoiles pulvérisées,

c'est parfait, a dit l'homme en souriant de ses yeux verts, es-tu heureuse à présent – oui, j'ai dit oui et je crois que je l'étais,

et aussi après, quand sa femme m'a déshabillée, ôté mon voile et mon keffieh, quand elle m'a baignée, massée, c'était comme si sous chaque pression de ses mains mon corps s'allégeait, fibre à fibre se dissolvait,

et encore quand elle a fixé la ceinture à ma taille avec la délicatesse d'une mère langeant son enfant,

le murmure des prières faisait dans sa bouche un bruit mouillé de comptines, de baisers, ses longs doigts aigus parés de bagues s'activaient, habiles, rapides, déliés comme par un geste toujours su et mille fois répété, soins nourriciers, travaux de cuisine ou d'aiguille,

j'étais sous ces doigts le nourrisson sans parole, la pâte molle, le voile vide à broder,

oh pardon je t'ai fait mal s'est-elle écriée quand du bout d'une épingle de nourrice elle a effleuré mon ventre, je vous en prie je n'ai rien senti ai je dit en regardant la fine goutte de sang qui perlait, et c'était vrai, je ne sentais plus rien,

j'étais une image, une idole, une petite déesse inerte, ignorante et choyée, perdue dans le parfum des aromates et les vapeurs d'encens, contemplant d'un regard sans pupilles des rites solennels et compliqués,

heureuse, je l'étais encore quand elle m'a passé la

que toujours nous trouverons, élus, les mots et les gestes de sa célébration,

vois, je te parle déjà je te dis tout cela qu'en ta présence je tais, mais tu le sais, n'est-ce pas, car mon corps est moins muet que moi,

ne pas penser à cela qui me fait fermer les yeux ralentir le pas voici que je tangue sur mes talons hauts que je vacille déjà retenir celle en moi qui ne veut rien d'autre que s'allonger nue à ses pieds, serve, passive et soumise sans réserve,

vois je marche, hautaine, farouche, protégée par des lunettes noires et une robe d'élégante, je l'ai choisie d'instinct, comme si j'étais ton désir, mais peut-être ne la verras-tu pas, tout à ton impatience d'enfant-roi, c'est une robe comme je n'en ai jamais porté, blanche, striée de fines raies vertes, avec une jupe ample et un corsage très ajusté, à chaque pas elle danse autour de moi, et avec ces chaussures à talons dont la bride m'enserre la cheville, elle me fait ressembler aux pin-up du café de Mahane Yehuda,

c'est peut-être pour cela, aussi, que je l'ai choisie, parce que dans ses plis bruisse un peu du passé, parce qu'à chaque rencontre il est là qui se rejoue et attend d'être réparé,

tu comprends, je le sais, nous savons tous deux qu'à chaque rencontre nos morts sont là, que nous ne les oublions pas, que nous ne les trahissons pas, qu'au contraire ils sont plus présents de nous voir vivre si fort,

je l'ai senti avec une telle évidence la première fois,

robe, une robe comme jamais je n'en ai porté, blanche, striée de fines raies vertes, avec un corsage très ajusté et une jupe ample qu'aussitôt j'ai eu envie, enfant, de faire tourner,

une robe taillée pour séduire, pour danser, pour accueillir un corps confiant, offert au plaisir et à la lumière, une vie rêvée,

j'ai cherché un miroir où me regarder mais j'ai vu dans les yeux de l'homme que j'étais belle, on la croirait faite pour toi, m'a-t-il dit, puis j'ai remis mon foulard et mon abaya pour passer les barbelés derrière la grande maison, un lambeau d'étoffe est resté accroché à une fourche de fer, mais tout allait bien, tout était parfait, le taxi m'attendait sur la route du cimetière, il avait une plaque israélienne et sur un autocollant fixé à sa vitre arrière on lisait *Eim Aravim ein pigoim*, *Pas d'Arabes, pas d'attentats*,

juste avant le check-point, j'ai ôté mon foulard et mon abaya, dénoué mes cheveux et mis mes lunettes noires, laissé derrière moi la petite qui attendait là depuis des années en fixant son pouce droit,

et quand j'ai tendu mes faux papiers au soldat, j'ai senti le pouvoir de mes jambes de ma gorge et de mes bras nus au point d'oublier celui de mon ventre ceinturé,

assise sur la banquette de cuir, derrière le double écran de mes lunettes noires et des vitres fumées, conduite par un chauffeur rasé de près, taciturne et déférent (il ne m'a adressé la parole qu'une fois, avec un léger accent, russe, je crois, pour me demander si ce n'était pas seulement mon désir qui me tenait tremblante, bouleversée, c'était un désir plus grand encore, anonyme, immémorial, venu à nous depuis tous les corps, même disparus poussière depuis longtemps, et que les nôtres ranimaient, intègre, ardent

Jaffa Gate, déjà, j'ai donc marché si vite, je pourrais longer les murailles jusqu'à ce café près de chez toi où tu m'as donné rendez-vous, tu m'as dit en riant qu'il était surtout fréquenté par des Arabes et qu'on pouvait y fumer le narguilé, j'ai ri aussi, je n'ai plus peur de rien, mais je ne veux pas arriver la première et puis il y a trop de monde aujourd'hui dans la Ville Neuve, trop de bruit et de lumière,

j'ai le temps de flâner, besoin de sentir celui qui a passé et que je ne suis plus celle que j'étais avant, cette petite craintive qui marchait au hasard et pourtant attendait, impérieuse, égarée,

(je te dirai un jour, même si bien sûr tu l'as deviné, dans quel monde je vivais avant, quel désert confus et blessant),

oui, retourner à Misgav Ladah, m'asseoir sur le banc de la petite place et goûter ce détour, puisqu'à présent mon attente est comblée, porte ton visage et ton nom,

les rues du quartier arménien sont vides, elles sentent bon la menthe et le café, dans de grandes corbeilles posées à terre luisent des sphères de verre aux reflets d'eau changeante, derrière les grilles de fer qui protègent les églises des poules picorent les herbes folles poussées entre les vieilles pierres, je n'avais pas froid, si je souhaitais qu'il baisse la climatisation, et personne avant ne m'avait posé ce genre de question) j'étais une grande actrice, maquillée, costumée, j'allais vers mon public, vers la foule immense qui sans le savoir m'attendait, l'heure était venue de ma plus belle scène, de mon étincellement, tous l'ignoraient encore mais dès demain journaux et murs en afficheraient les trophées,

porte de Damas, quand le taxi m'a laissée, j'ai été prise d'un bref éblouissement, entre les pierres blanches de la muraille et les larges marches disposées en amphithéâtre la lumière de l'après-midi ricochait en glaives aveuglants, debout, seule, au centre du cirque, exposée aux regards des gamins assis sur les gradins, des touristes embusqués derrière leur appareil photographique, des marchands ambulants et des soldats en faction, un instant j'ai oublié le rôle à jouer,

mais à présent tout va bien, haute et précise je marche sur les pavés de la Vieille Ville, sans vaciller j'avance vers ma cible, tout droit, m'a dit l'homme, droit devant toi jusqu'au Quartier juif, tu ne peux pas te tromper, et il m'a fait apprendre par cœur le nom des rues et dessiner le plan, j'ai obéi, pas osé lui dire que ce n'était pas la peine, combien de fois ai-je pris enfant ce chemin-là main dans la main avec ma mère,

mais comme cette rue est longue, mes chaussures me serrent trop, leur bride me scie la cheville, la ceinture aussi, sous la gaine de plastique je sens ma sueur perler l'homme a-t-il prévu cette chimie-là, autrefois, à la colonie, j'ai vu dans les piscines des enfants nus la taille cerclée de pains de mousse bleus tout est paisible, ici, assoupi, désarmé, comme s'il suffisait de faire un pas de côté pour sortir de la guerre,

mais me voici chez moi, voici les bannières et les demeures des miens, et ces femmes en chapeau cloche, ces hommes aux lourds manteaux sont les miens aussi, mes proches, mes familiers, et je les salue, et je leur souris, car chacun à notre façon nous célébrons le même culte,

la place, le petit banc, je m'y assieds les yeux clos dans l'ombre fraîche, protégée des flèches de lumière qui ricochent des murs blancs au dôme aveuglant de la mosquée, je croque un carré de chocolat, mes baisers seront sucrés et dans ma robe rayée de vert je serai pour toi un bonbon à la menthe un bonbon à l'amant, idiote, idiote je suis, et aimée,

ô tout est plein, tout est parfait, et mon désir si grand que je ne désire plus rien, à quoi bon puisque la vie m'a déjà tout donné, puisque je pourrais mourir d'avoir été comblée,

tintement de mon téléphone, un message de toi, tes mots brefs qui me cabrent, ne pas le lire tout de suite, et puis si, tu vas être en retard tu m'expliqueras une heure et demie au moins je ne dois pas m'inquiéter tu m'aimes, mais alors pourquoi, et que vais-je faire de tout ce temps sans toi, je n'ai pas de forces en réserve, envie stupide de pleurer comme une enfant abandonnée, de m'allonger sur le banc et de dormir, quelqu'un viendrait me prendre par la main et me ramènerait doucement à la maison, et blancs comme le drapeau d'Israël, mon père m'a expliqué que cette ceinture les aidait à flotter, qu'on en ôtait les éléments un à un jusqu'à ce qu'ils sachent nager, une bouée, je crois qu'on appelle ça une bouée, la mienne me pèse, me leste, me coule par le fond, un kilo de poudre de vis et de clous – pour crever les yeux des Juifs et leur montrer le jour noir, a précisé l'homme de son sourire placide, un kilo, le poids d'un fœtus de six mois, et entre lui et moi un fil moite qui serpente jusqu'à l'interrupteur plaqué contre mon sein, tu n'auras, m'a dit l'homme, qu'à porter la main à ton cœur, tu le sentiras battre plus fort et tu seras sauvée de la douleur

il bat fort déjà et la tête me tourne, c'est peut-être d'avoir jeûné, j'ai dans mon sac à dos de touriste avec le téléphone portable que l'homme a acheté pour moi *Le vieil homme et la mer* et une tablette de chocolat, doucement le faire glisser le long de mon épaule droite un trou sous mon pied j'ai failli tomber, une vieille femme me retient par le bras il faut faire attention dit-elle en regardant mon ventre, à sa main une toute petite fille aux longs cheveux nattés, je murmure un merci les regarde s'éloigner, la petite fille se retourne vers moi, au bout de ses nattes des rubans rouges dansent sur un gros cartable,

je rebrousse chemin, je les suis, je me laisse guider par les rubans rouges, de toute façon il y a trop de monde ici trop de couleurs et trop de bruit des fruits criards des tas d'objets trop de regards qui me vrillent le crâne malgré mes lunettes noires, je voudrais un comme cette petite fille aux tresses nouées de rubans rouges que j'ai vue tout à l'heure accrochée à sa grand-mère et qui se laissait mener, confiante, protégée, oui, rentrer chez moi à l'abri enfermée, le punir, lui écrire détachée eh bien tant pis, une autre fois, mais non, trop besoin de lui, le petit scorpion tatoué à son bras droit, ses yeux qui se fichent dans les miens en même temps que son corps en moi,

je pourrais me promener dans le souk, marcher lentement jusqu'à la porte de Damas, essayer des bagues et des colliers, accepter le verre de thé offert par un marchand au regard trouble et brillant, le déguster à petites gorgées au fond d'une boutique obscure tout en discutant en anglais de la situation, ou même en hébreu, après tout, puisque cette langue est la mienne et que je n'ai plus peur de rien,

ou bien descendre vers le Mur, et attendre là, regard rivé aux pierres, parmi les femmes encombrées de jupes longues et de bébés, oscillant doucement d'avant en arrière, bercée par leur paisible plainte,

oui, voilà, mais d'abord appeler ma mère pour la rassurer, je vais travailler chez Lily, je rentrerai tard, non, je te le promets, pas de café ni de cinéma, et je ne prendrai pas le bus, rien ne peut m'arriver,

un religieux en loques se tient debout immobile dans l'escalier, il me demande l'aumône, murmure une bénédiction dans sa barbe emmêlée et noue un fil rouge à mon poignet

légère, de nouveau, je t'ai pardonné, peut-être un barrage sur la route qui te ramène d'Haïfa, et si tu foulard et mon abaya et glisser protégée à l'ombre de murs frais, je veux de l'ombre de l'air et du vide, je ne vois plus la femme et l'enfant d'ailleurs je ne reconnais plus rien, est-ce la porte de Damas que j'ai dépassée celle d'Hérode que j'aperçois, je pourrais la franchir, appeler le chauffeur pour qu'il vienne me chercher, je connais son numéro de téléphone par cœur, n'hésite pas m'a dit l'homme mais j'ai confiance en toi je sais que tu ne le feras pas,

je suis une machine, os de fer et nerfs d'acier, n'entendez- vous pas le grincement de mes rouages, le cliquetis des vis qui tiennent mes membres assemblés, je suis une arme intelligente et ultrasophistiquée, yeux capteurs et cerveau caméra, mieux qu'un drone ou un robot-sherpa, nul ne tient mes commandes, ma cible, je la choisis, c'est moi qui décide,

mais Dieu que mon ventre est lourd lesté de tant de pierres c'est comme si à chaque pas je traînais un mur avec moi

oui voici la porte d'Hérode, ses hautes voûtes ombreuses, j'aperçois de l'autre côté la Ville Neuve la lumière blanche, j'entends de très loin la rumeur des voitures, les klaxons des cars de touristes, les cris des vendeurs à la sauvette, la vie qui gronde et remue,

lourde et lente je la longe, attentive à ne pas tomber, je suis bien ici, l'ombre est fraîche et l'air humide, les magasins ont fermé leurs volets, à côté de la boucherie un adolescent en veste blanche étend une bâche de plastique sur une cargaison de fruits, au moment où je passe il la soulève, m'offre une ne dis rien c'est pour ne pas m'inquiéter, mais notre amour nous protège, n'est-ce pas, et j'entends encore ce que tu m'as soufflé, un soir, au début (nous allions main dans la main dans la rue, ma première promenade depuis des mois, j'avançais à pas lents, les yeux rivés au sol, serrant tes doigts à les broyer),

que la mort, pour nous avoir touchés de si près, devait désormais nous épargner,

Where are you from ? me crie un guide en m'attrapant par le bras, il porte une eau de toilette au vétiver et des verres opaques où se courbe mon reflet, *From here*, je lui réponds dans un rire en m'échappant,

ici, je suis ici mon bien-aimé, tenue fort et ferme dans tes bras, je n'ai plus besoin de toucher le Mur, ses pierres tièdes et moussues ouvertes aux prières, ni d'y glisser les miennes puisqu'elles sont exaucées, tous ces mots arrachés à la peur, à l'errance, c'est comme si d'eux-mêmes ils s'y étaient inscrits et avec eux la lettre absente qui change le chaos en ordre et tire les âmes de l'eau,

à côté de moi, des femmes vêtues de noir, silencieuses Shekinah aux yeux cernés de bleu, se lamentent en souriant, je ferme lèvres et paupières et prononce les noms d'Aron, de Sarah, de David et de Perla, et tous les autres aussi, chiffrés par d'innombrables pierres, je les convoque et les abrite au grand air, à la lumière un cri bref une main sur mon épaule

j'ouvre les yeux, une fille d'une pâleur de cire qui chancelle et se retient à moi, je la fais asseoir sur le banc, lui offre un peu d'eau, un morceau de chocolat, grenade, bienvenue me dit-il comme à une étrangère, je le remercie d'un sourire et passe mon chemin,

la guérite est vide, toujours éclaboussée de rouge, nul vent n'agite les drapeaux colorés accrochés aux barbelés, derrière les vitres du café Moustache j'aperçois des visages indistincts noyés dans la fumée, des lèvres haut fendues sur un sourire édenté et, sur une table, des mains calleuses lançant des dés,

à côté, une ancienne cour d'école ou un terrain de jeux, des herbes folles percent les fissures du ciment et sur un poteau qui s'écaille comme une mue un filet déchiré, pourtant les murs résonnent du heurt d'un ballon et d'un cri flûté d'enfant

mais voilà que le muezzin appelle, déjà, le soleil me paraissait si haut sur la Ville Nouvelle, sa plainte hésitante, aiguë, enfle peu à peu, prend force et élan dans celles qui lui répondent, impérieuse assaille les terrasses et les rues, monte vers le ciel vide en un grand tournoiement d'ailes, il fait si froid soudain la lumière s'est voilée d'instinct je croise les bras entre mon ventre et mes seins mais non pas ce geste-là pas maintenant pas ici, il me faut avancer encore à mesure que décroît la prière, descendre une à une les larges marches sous les arcs humides,

mes flancs de fer me tirent vers l'avant, comme crochetés par un hameçon, je suis la cible, la proie, de toute façon il n'y a ici de vivant que moi, je m'enfonce sous la vase, je plonge vers les grands fonds tandis qu'à la surface le fil se tend, à travers la porte close de l'épicerie je vois trois colibris immobiles dans *sorry*, chuchote-t-elle enfin, *c'est d'avoir marché toute la journée tête nue, je dois rejoindre mon groupe*, elle a les cheveux blonds, un visage de poupée et l'accent new-yorkais, je l'aide à se lever, la tient par le bras, ils sont une vingtaine d'Américains de mon âge, bardés de sacs à dos et d'appareils photo, massés autour d'un type très brun, ascétique et nerveux, l'un d'entre eux vient à notre rencontre, il a, sous sa kippa, les cheveux roux de Ben, sa carrure aussi et son visage enfantin, il serre la fille contre lui puis me tend la main, *Jonathan, I'm Melissa's boy-friend*, et comme je lui explique ce qui s'est passé, il me demande si je suis américaine, je dis oui, puis non, leur guide les appelle, je leur souhaite bon voyage, les regarde s'éloigner,

l'appel du muezzin, je ne m'y habitue pas, cette grande aile noire qui s'étend sur les toits, cet envol entêtant, la mosquée me paraît immense soudain, et le Mur si fragile, j'étouffe, un drôle de vertige, comme Melissa, et près d'une heure encore avant de te retrouver, sortir de la Vieille Ville, peut-être, juste pour respirer,

Dung Gate, un bus approche, rouge, à deux étages, jamais rien vu de tel ici, on le croirait surgi d'une rue londonienne, erreur d'aiguillage, il ralentit, s'arrête à ma hauteur, *Hi Sarah, want a drive ?* me crie Jonathan depuis la plateforme, sans réfléchir je dis oui, et Lion's Gate au chauffeur, je rejoins les autres à l'étage, Melissa m'accueille d'un sourire, tous sont là, debout, accoudés à la rambarde, muets et radieux dans la lumière du couchant, un peu exaltés, seul le type brun leur cage, leurs ailes repliées comme des nageoires, et sur l'affiche en lambeaux collée à la voûte, le jeune martyr moisi ne m'adresse aucun signe

où donc ai-je lu que *les âmes des martyrs habitent dans le ventre des oiseaux verts qui se reposent sur les lustres suspendus au trône royal d'Allah*

où donc loge mon âme, et quand a-t-elle quitté mon ventre de poudre et métal, mon corps nu et glacé, où se repose-t-elle, nichée sur quel lustre royal,

une à une je compte les marches, voici la dernière et la soixante-dixième, oui, c'est bien cela, je ne me suis pas trompée, je suis une machine, je compte et je calcule, soixante-dix marches, une par nom, vous les avez descendues avec moi, morts sans mémoire et vivants que j'aurais pu aimer, je sens sous mes pas votre sillage suintant, vous me suivez comme des rats pourtant voyez je ne sais plus danser,

une rue blanche, soudain, pavée de pierres sèches, de larges palmes de ciel s'ouvrent au-dessus des toits, font sur les murs de grands éclats de lumière comme si tout ce qui reste de jour s'était réfugié là, je la reconnais, celle que l'on nomme Via Dolorosa, nul n'y chemine que moi, le marchand de photographies a clos sa devanture mais sur la maison d'en face se dressent encore des panneaux

des images du Protectorat, rails filant à l'infini à travers le désert, lointains miroitants et horizons fuyants *Overland Desert Road to Irak and India Desert Service Haifa-Beirut-Damascus-Bagdad*,

je ne veux plus de voyages, de routes ouvertes ni

est assis, à voix très forte, pour couvrir le chant des muezzins, il lit Ézéchiel

et ils allaient chacun devant soi ; ils allaient là où l'esprit les poussait, ils ne se tournaient pas en marchant.

Ils ressemblaient à des êtres vivants. Leur aspect était celui de charbons ardents ayant l'aspect de torches, allant et venant entre les êtres vivants ; le feu jetait une lueur, et du feu sortaient des éclairs. Les êtres vivants couraient en tout sens comme le font les éclairs

le bus roule vite, j'offre mon visage au vent, voici le mont des Oliviers, et à gauche le cimetière musulman, tous ces morts couchés devant la porte Dorée pour empêcher, impurs, la venue du Messie, les nôtres leur font face et sur eux tous le crépuscule étend un unique linceul, impalpable et mouvant, *Here you are*, me dit Jonathan, je les embrasse, Melissa et lui, debout sur le bas-côté je réponds à leurs signes d'adieux jusqu'à ce qu'ils disparaissent, puis je reprends ma marche,

je viens à toi, mon bien-aimé, dans la douce gloire du jour déclinant, bientôt tu seras là et tout recommencera, vive et joyeuse je gravis la pente qui mène à la porte des Lions, son arche sombre s'ouvre devant moi, ô je voudrais courir et chanter, vois, mon ombre danse déjà,

adossés à leur jeep trois soldats me regardent, ils me sourient et je leur renvoie leur sourire en miroir, une silhouette se dessine sous la voûte obscure, un de terres déroulées, des siècles que je marche, je suis épuisée, je voudrais m'allonger emmaillotée de draps à l'abri des barbelés, déposer mon fardeau, ne pas peser plus qu'un flocon de laine cardée,

à ma gauche un square, y ai-je joué jadis avec ma mère en revenant de la mosquée, je ne m'en souviens pas, pas plus que de l'ancienne demeure qui le borde, ses fenêtres en ogive aux vitraux colorés, ses balcons de fer forgé, pas plus que de cette structure métallique peinte de rouge flambant, l'ai-je escaladée enfant, et pour guetter quoi parvenue au sommet, quel invisible avenir, un banc lui fait face, je m'y assois, ouvre mon sac à dos et croque un carré de chocolat, la nuit va venir, le square est vide,

ma mère m'avait dit de ne pas sortir seule elle doit m'attendre me chercher, je compose son numéro elle répond aussitôt, je lui dis de ne pas s'inquiéter, que je l'aime et pardon,

je suis plus légère à présent, délestée de mon sac, je l'ai laissé sur le banc, avec *Le vieil homme et la mer* et le téléphone qui ne cesse de sonner, je marche vite pour ne plus l'entendre, pour que tout se taise, devant moi la porte des Lions dessine en vitrail le mont des Oliviers, par-delà sa voûte la lumière du crépuscule tisse un voile ondoyant et ténu,

je sais à présent où mes pas me mènent, je me souviens du grand cimetière qui fait contre la citadelle comme un autre mur de pierres couchées,

je traverse la voûte, flaque d'ombre, adossés à leur jeep trois soldats israéliens, ils ne me voient pas, ils regardent cette fille en face qui avance, la découpe peu éblouie je la distingue mal, très droite elle vient vers moi, c'est une fille de mon âge, elle porte des lunettes noires et les cheveux dénoués, et, oui, la même robe que moi, elle vient à ma rencontre, comme pour me saluer, la voilà si proche, je pourrais la toucher, sur ses lèvres soudain un tressaillement de douleur, elle porte la main à son cœur.

dansante de sa silhouette sur le mont des Oliviers, elle porte la même robe que moi, des lunettes noires et les cheveux dénoués, elle vient à ma rencontre, un sourire aux lèvres, nous nous connaissons depuis si longtemps, elle sait que je l'attends, la voilà si proche, je pourrais la toucher, je porte la main à mon cœur, dans un instant il n'y aura plus de douleur.

Merci à tous ceux qui, à Jérusalem, Tel-Aviv, Ramallah, dans les camps de réfugiés de Deishe et al-Amari, m'ont parlé et accueillie, et tout particulièrement à Fayrouz Abboud, Lionel Choukroun, Yehudith Elkana, Rima Ghrayeb, Patrick Girard, Mathilde Hervé, Pascal Janovjak, Delia Laghrour, Monique Liberman, Mazen Nofal, Marie Shek. Et à ceux qui, en France et aux États-Unis, m'ont eux aussi aidée à passer les frontières, réelles et fictives : Yves Bonnefoy, Isabelle Gallimard, Valentine Goby, Thierry Hesse, Pascaline Mangin, Adrien Moinet, Wajdi Mouawad, Juliette Senik, Paul de Sinety, Elias Stahl, Inès Weill-Rochant.

Les textes cités en italiques p. 83 à 88 sont extraits de *Histoire de l'autre*, trad. fr. Liana Levi, 2004, préface de Pierre Vidal-Naquet, introduction de Sami Adwan, Dan Bar-On, Adnan Musallam, Eyal Naveh.

Du même auteur :

Romans

LE DIABLE DÉTACHEUR, Actes Sud, 1999 ; réédition Mercure de France, 2012.

L'ISOLÉE, suivi de L'ISOLEMENT, Stock, 2002 ; réédition Mercure de France, 2010 (Folio n° 5201).

NOTRE VIE S'USE EN TRANSFIGURATIONS, Actes Sud, 2007.

PERSONNE, Mercure de France, 2009, prix Femina (Folio n° 5200).

Essais

PLOTIN. TRAITÉ 53 (I, 1). QU'EST-CE QUE L'ANIMAL ? QU'EST-CE QUE L'HOMME ?, traduction et commentaire, Cerf, 2004.

DIEU SANS LA PUISSANCE, Vrin, 2006.

LE (DÉ)GOÛT DE LA LAIDEUR, Mercure de France, 2007.

LE MOI ET L'INTÉRIORITÉ (études réunies en collaboration avec Frédérique Ildefonse), Vrin, 2008.

PAPIER À BASE DE FIBRES CERTIFIÉES

Le Livre de Poche s'engage pour l'environnement en réduisant l'empreinte carbone de ses livres. Celle de cet exemplaire est de :
350 g éq. CO_2
Rendez-vous sur www.livredepoche-durable.fr

Composition réalisée par PCA

Achevé d'imprimer en août 2013 en Espagne par
BLACK PRINT CPI IBERICA
Sant Andreu de la Barca (Barcelona)
N° d'impression :
Dépôt légal 1re publication : août 2013
Librairie Générale Française
31, rue de Fleurus – 75278 Paris Cedex 06

31/7485/1